LE SECRET DE SKAITH

LE CYCLE DE SKAITH

Les Chiens de Skaith

À PARAÎTRE

Les Pillards de Skaith

LEIGH BRACKETT

LE SECRET DE SKAITH

TRADUIT PAR MARY ROSENTHAL

ALBIN MICHEL

A Robert et Cecelia

Edition originale américaine

THE GINGER STAR

Traduction française

LES VOIX DE SKAITH

LE SECRET DE SKAITH

22, rue Huyghens, 75014 Paris.

ISBN : 2-226-03029-8

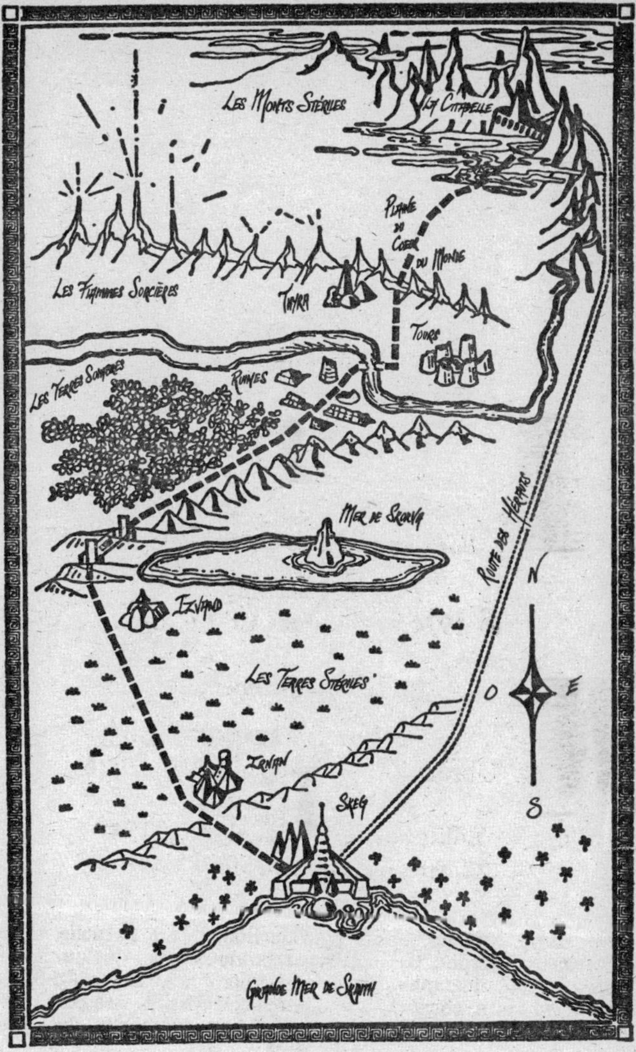

Le voyage de Stark

I

Ce fut du tender desservant le port spatial de la lune que Stark vit Pax pour la dernière fois ; et jamais il ne l'avait vue aussi bien. Pax est la principale planète habitable de Vega. C'est aussi une métropole ; ce monde baptisé avec un espoir si précaire se vante avec orgueil que pas un grain de blé n'y germe et que pas un seul objet utile n'y est fabriqué.

La ville s'élance dans le ciel. Elle s'étend sur tous les terrains et même sur de petites mers. Elle s'enfonce sous le sol, niveau après niveau. De grandes superficies sont spécialement conditionnées et équipées pour des non-humains. Tout vient de l'extérieur. Tout le nécessaire est expédié aux docks lunaires, d'où les tenders de ravitaillement partent pour Pax. Rien ne vit sur Pax, sauf des fonctionnaires, des diplomates et des ordinateurs.

Pax est le centre administratif de l'Union Galactique, fédération de mondes s'étendant sur la moitié de la Voie Lactée et englobant également les mondes insignifiants du système solaire. C'est sur Pax que les millions de problèmes des milliards de gens habitant des milliers de planètes diverses deviennent des abstractions faciles à résoudre, tracées sur des rubans magnétiques, des fiches et d'incroyables quantités de feuilles de papier.

« Un monde de papier, pensa Stark, peuplé de gens en papier. »

Mais ce n'était pas le cas de Simon Ashton. Le temps, et ce qu'il avait accompli en matière d'administration planétaire lui avaient valu un bureau confortable au ministère des Affaires planétaires et un appartement également agréable dans un immeuble haut de quinze cents mètres. Appartement qu'il pouvait ne jamais quitter, s'il le désirait, sauf pour gagner son bureau sur un des trottoirs roulants. Cependant, comme beaucoup de ses collègues dans ce ministère-là, Ashton n'avait jamais perdu son énergie nerveuse, tendue comme une corde de violon. Il se rendait souvent sur place. Il savait que les problèmes d'êtres vivant dans des endroits bien définis ne pouvaient être uniquement résolus en faisant ingurgiter des données à une banque d'ordinateurs.

Ashton était allé sur place une fois de trop. Il n'était pas revenu.

Stark l'avait appris alors qu'il se trouvait sur un des mondes moins policés ne faisant pas partie de l'Union. La vie y était plus agréable pour des hommes comme lui. Il était, selon la vieille expression, un loup solitaire, un homme totalement sans maître dans une société où toute personne respectable *appartenait* à quelque chose. Stark n'accordait son allégeance que par choix, et généralement contre paiement.

Il était mercenaire de métier ; il y avait suffisamment de petites guerres tant à l'intérieur qu'à l'extérieur de l'Union et suffisamment de populations lointaines faisaient appel à ses services pour lui permettre de gagner confortablement sa vie, tout en se livrant à son occupation préférée.

Combattre.

Il s'était battu presque avant de savoir marcher. Né dans une colonie minière de la Ceinture crépusculaire de Mercure, il s'était battu pour rester en vie sur une planète qui n'encourageait pas la vie. Ses parents étaient morts ; ses parents adoptifs étaient des aborigènes sous-humains, arrachant une existence précaire aux vallées brûlantes. Il avait combattu, sans succès, les hommes qui avaient massacré ses parents adoptifs et l'avaient mis en cage, comme une curiosité pleine de hargne. Plus tard, il avait lutté pour survivre en tant qu'homme.

Sans Simon Ashton, il n'y serait jamais parvenu.

Il se souvenait si bien de la chaleur terrifiante, de la douleur d'avoir perdu les siens, des barreaux de la cage, des hommes hilares qui le tourmentaient. Puis Ashton était venu, investi de pouvoirs, son sauveur ; et N'Chaka, l'Homme-Sans-Tribu, avait cédé la place Eric John Stark.

Deux fois orphelin, Eric-N'Chaka avait, peu à pe accepté Ashton comme un père. Plus que cela, accepta Ashton comme un ami. Durant son adolescence il passa énormément de temps avec Ashton car ils étaient très seuls dans les colonies lointaines dans lesquelles on envoyait celui-ci. La bonté d'Ashton, sa sagesse, sa patience, sa force et son affection étaient indélébilement gravées en Stark. Il devait même son nom à son protecteur. Ashton avait fouillé les registres des Mines mercuriennes pour trouver trace de ses parents.

Et maintenant Simon Ashton avait disparu sur le monde d'une étoile rousse située au diable vauvert, dans l'Étrier d'Orion. Un monde tout récemment découvert nommé Skaith dont presque personne n'avait entendu parler, sauf au Centre Galactique. Skaith ne faisait pas partie de l'Union, mais l'Union y avait un consulat. Quelqu'un avait demandé l'aide de l'Union et Ashton était allé sur place.

Peut-être avait-il outrepassé son autorité. En tout cas, ses supérieurs avaient fait de leur mieux. Mais les autorités locales avaient fermé le consulat et refusé de laisser entrer les envoyés de l'Union. Toutes les tentatives pour retrouver Ashton ou apprendre la raison de sa disparition avaient échoué.

Stark avait pris le premier spationef à destination du Centre Galactique et de Pax.

Retrouver Ashton était désormais son seul but.

Les semaines passées à Pax n'avaient été ni faciles ni agréables. Il lui avait fallu beaucoup parler, beaucoup convaincre. Ensuite, beaucoup apprendre. Il était heureux de partir, impatient de poursuivre sa tâche.

La métropole galactique s'éloignait et Stark respira plus librement. Bientôt, l'énorme organisation du port lunaire l'enveloppa, le tria, l'étiqueta et le jeta dans les entrailles d'un petit cargo aux lignes nettes qui l'emmena au premier tiers de son voyage. Il changerait trois fois de vaisseau, pour finir dans un vieux caboteur... le seul genre de vaisseau à desservir Skaith.

Stark endura le voyage, poursuivant ses études sur Skaith grâce à des cassettes. Il n'était pas populaire parmi ses compagnons de voyage. Son voisin de cabine se plaignait qu'il grognait en dormant comme une bête fauve ; et quelque chose dans son regard pâle les déconcertait. Derrière son dos ils l'appelaient « le sauvage » et ils cessèrent de lui proposer des parties de cartes et de tenter d'entrer en conversation avec lui.

Le vieux caboteur toucha plusieurs ports planétaires avant d'abandonner, avec force craquements et grincements, sa transmission P V L aux approches d'un système solaire perdu dans les solitudes de l'Étrier d'Orion.

En Temps Galactique Arbitraire, quatre mois s'étaient écoulés depuis la disparition d'Ashton.

Stark détruisit ses cassettes et rassembla ses minces bagages. Le caboteur branlant atterrit sur le spatiodrome minable de Skeg, le seul de la planète, et déchargea ses passagers.

Stark fut le premier à quitter le vaisseau.

Ses papiers portaient son vrai nom, qui ne signifiait rien ici ; mais ils ne mentionnaient pas Pax comme étant son point de départ. Il était indiqué comme Terrien, et, en quelque sorte, il l'était. Mais il n'était certes pas le commerçant en objets rares également mentionné. Au poste de contrôle, deux hommes rébarbatifs confisquèrent son étourdisseur purement défensif — ils dirent qu'on le lui rendrait à son départ — et fouillèrent son maigre bagage ainsi que lui-même, cherchant d'autres armes. Il eut ensuite droit à un bref discours, en mauvais langage Universel, sur les lois et règlements régissant Skeg. Ensuite on lui permit de partir, non sans ajouter que toutes les routes menant hors de Skeg, à l'exception de celle menant au spatioport, étaient interdites aux étrangers. Sous aucun prétexte il ne devait sortir de la ville.

Il parcourut les quinze kilomètres dans une carriole

cahotante, dépassant des plantations de fruits tropicaux, des rizières remplies d'eau où poussait abondamment une sorte de grain et des étendues de jungle. Graduellement, l'odeur de boue et de végétation fut remplacée par celle d'eau de mer, saline et stagnante. Stark ne l'apprécia guère.

Quand la carriole atteignit le sommet d'une ligne de collines basses, couvertes de jungle, il n'apprécia pas davantage la mer. Skaith n'ayant pas de lune, il n'y avait pas de marées et la surface de la mer avait un aspect laiteux et gras. Le vieux soleil roux de Skaith se couchait dans une fureur sénile de cuivre sanglant et flamboyant, jetant des raies brillantes et malsaines sur les eaux. La mer semblait l'habitat idéal des créatures qu'on disait y vivre.

A côté de la mer, sur le bord d'un fleuve, se trouvait Skeg. Le fleuve avait faibli avec l'âge et ne pouvait que s'écouler lentement à travers l'étroit goulet que lui avait laissé le limon de plusieurs siècles. Une tour fortifiée en ruine, dressée sur des falaises basses, gardait un port disparu. Mais la ville elle-même paraissait assez vivante, avec ses lampes et ses torches qui s'allumaient tandis que le soleil se couchait.

Bientôt Stark vit la première des Trois Reines, ces magnifiques pléiades qui ornent le ciel nocturne de Skaith, rendant impossible l'obscurité totale. Stark gratifia la Reine d'un regard furieux ; il admirait sa splendeur mais songeait qu'elle et ses sœurs pourraient lui créer de sérieuses difficultés.

Comme si la situation n'était pas déjà assez compliquée...

La lourde carriole finit par atteindre la ville.

Skeg était un immense marché ouvert où pratiquement n'importe quoi pouvait être acheté ou vendu. Les rues étaient pleines. Magasins et étals étaient brillamment éclairés. Des vendeurs avec des charrettes faisaient l'article. Des gens venus de toute la Ceinture Fertile, aussi bien les guerriers-bourgeois des villes-frontières, élancés et vêtus de cuir, que les habitants des tropiques, petits et vêtus de soie, se mêlaient aux gens venus d'autres mondes afin de commercer, échangeant du fer contre des médicaments ou des artefacts pillés dans les abondantes ruines de Skaith.

Et, naturellement, il y avait les Errants partout. Un mélange de toutes les races, vêtus ou dévêtus de toutes les façons imaginables, se promenant, s'allongeant, faisant tout ce qui leur passait par la tête ; les enfants insouciants et errants des Seigneurs Protecteurs, qui ne tissaient ni ne filaient mais se laissaient porter par la brise. Stark remarqua quelques étrangers parmi eux, des vagabonds venus d'autres mondes qui avaient trouvé une vie facile sur cette planète vieillissante où tout était permis et où, si vous apparteniez à certains groupes, tout était gratuit.

Stark régla le conducteur et trouva une chambre dans une auberge qui accueillait les étrangers. La chambre était petite, mais assez propre. La nourriture, lorsqu'il la goûta, lui parut très acceptable.

De toute façon, il se moquait du confort. Il ne s'intéressait qu'à Ashton.

Après son repas il s'approcha du propriétaire de l'auberge dans la salle de séjour, construite dans le style tropical de Skeg et comportant de larges baies munies d'écrans de paille pour empêcher la pluie d'entrer. Il ne pleuvait pas ; l'air marin, lourd et humide, remplissait la pièce.

— Où se trouve le consulat de l'Union Galactique ?

Le propriétaire le regarda avec insistance. Sa peau était d'un pourpre sombre et ses yeux glacés d'un gris étonnamment clair. Son visage était de marbre.

— Le consulat ? Vous n'êtes pas au courant ?

— De quoi ? fit Stark avec la surprise qui s'imposait.

— Il n'y a plus de consulat.

— Mais on m'avait dit...

— Les Errants l'ont démoli, il y a un peu moins de quatre mois. Ils ont fichu à la porte le consul et ses employés. Ils...

— Les Errants ?

— On a dû vous en parler au spatioport. Toutes ces ordures humaines qui encombrent nos rues.

— Ah oui, dit Stark. J'ai simplement été surpris. Ils semblent... eh bien, trop nonchalants.

— Il suffit de leur donner l'ordre, dit aigrement l'aubergiste. Quand les Hérauts ordonnent, ils obéissent.

Stark acquiesça.

— On m'a averti au sujet des Hérauts. La peine de mort si on désobéit. Ils semblent avoir une très grande importance à Skaith.

— Ils font le sale boulot des Seigneurs Protecteurs. Le Premier Héraut de Skeg, le tout-puissant Gelmar, était à la tête des Errants. Il a dit au Consul de filer et de ne plus revenir, qu'ils ne voulaient plus d'immixtions étrangères. Pendant un certain temps on a cru qu'ils allaient nous expulser tous et fermer le spatioport. Ils ne l'ont pas fait parce qu'ils ont trop besoin d'importer. Mais ils nous traitent comme des criminels.

— J'ai eu l'impression que les étrangers sont mal vus, dit Stark. Mais de quoi s'agissait-il ?

L'aubergiste secoua la tête.

— Un officiel trop curieux venu de Pax. C'est censé être secret mais on sait qu'il était venu pour faciliter une émigration provenant d'une des villes-états. L'imbécile !

— Oh ! Qu'est-ce qui lui est arrivé ?

— Qui sait ? Excepté les Hérauts.

Les yeux froids et soupçonneux fixèrent Stark.

— Vous vous y intéressez particulièrement ?

— Pas du tout.

— Alors n'en parlez plus. On a eu assez d'ennuis comme ça. Qu'est-ce que vous lui vouliez, au consulat ?

— Simple formalité au sujet de mes passeports. Ça attendra ma prochaine étape, voilà tout.

Stark dit bonsoir à l'aubergiste et sortit.

Un officiel trop curieux venu de Pax.

Ashton.

Et seuls les Hérauts savaient ce qu'il en était advenu.

Stark était arrivé à cette conclusion il y avait un certain temps et ne fut donc pas découragé. Il ne s'était pas attendu à trouver Skeg parsemé de poteaux indicateurs le menant à Ashton.

Il marcha dans les rues remplies de monde ; un homme brun vêtu d'un justaucorps sombre. Un homme grand, aux muscles puissants, qui se déplaçait avec la grâce agile d'un danseur. Il n'était pas pressé. Il laissa la ville couler autour de lui, l'absorbant par tous ses sens, y compris celui que les hommes civilisés ont presque totalement perdu. Mais Stark n'était pas un civilisé. Il était conscient des lumières, des couleurs, des odeurs mélangées, des musiques étranges émanant d'instruments inconnus et de voix étrangères, des bannières criardes pendues au-dessus des antres du péché, des mouvements des passants. Sous le tout, il sentait l'odeur puissante et grasse de la décomposition. Skaith se mourait, bien sûr. Mais sa mort lui parut laide.

Il n'avait aucune raison de tarder à poser sa tête sur le billot. Il finit donc par entrer dans une taverne pour se mettre à l'œuvre.

Il se montra très prudent. Il avait passé à Pax des semaines qui lui avaient semblé interminables, scrutant avec une patience froide et amère tous les renseignements disponibles concernant Skaith. Il avait appris la langue, appris tout ce que l'on savait sur les habitants et leurs coutumes, avait longuement questionné le consul expulsé. Il était déjà, bien sûr, trop tard pour sauver Ashton — dès sa disparition il était trop tard, si les Hérauts avaient décidé sa mort. Deux possibilités demeuraient : sauvetage ou vengeance. Pour chacune d'elles, Stark avait besoin de toutes les informations qu'il pouvait recueillir.

Il y en avait peu. Le contact avec Skaith ne datait que d'une douzaine d'années. Le consulat avait été ouvert cinq ans plus tard. Skeg et ses alentours étaient assez bien connus. Les cités-états, moins bien. On ne savait presque rien des terres au-delà de la Ceinture Fertile, où la plupart des habitants de Skaith étaient maintenant rassemblés. Stark avait entendu des choses étranges au sujet des Terres Stériles et de leur population. Peut-être étaient-elles vraies et peut-être étaient-elles fausses.

On ne savait rien des Seigneurs Protecteurs, en ce

sens que chacun ignorait à quoi ils ressemblaient et où ils demeuraient — sauf, bien entendu, les Hérauts qui traitaient ce savoir en secret sacré. Les croyances de diverses sectes ne faisaient qu'ajouter à la confusion. Le rapport du consul avait indiqué que :

Les Seigneurs Protecteurs, que l'on dit être immortels et inchangés furent apparemment institués il y a très longtemps par les autorités de l'époque, comme une sorte de super-bienveillance. Les Grandes Migrations commençaient, les civilisations du nord périssaient tandis que les populations fuyaient le froid qui augmentait sans cesse. Il était évident qu'il y aurait une période de chaos pendant que divers groupes se disputeraient des terres nouvelles. Alors, et plus tard, lorsque la stabilité serait rétablie, les Seigneurs Protecteurs devaient empêcher l'écrasement total des faibles par les forts. Leur loi était simple : secourir les faibles, nourrir les affamés, loger les sans-abri, œuvrer toujours au bonheur du plus grand nombre.

Il apparaît qu'à travers les siècles cette loi a perdu son caractère originel. Les Errants et les nombreux groupes non productifs de cette culture très fragmentée forment maintenant le plus grand nombre. Il en résulte que les Hérauts, au nom des Protecteurs, maintiennent en esclavage virtuel un tiers de la population pour subvenir aux besoins des deux autres tiers.

Je suis persuadé que lorsque les Hérauts apprirent que les Irnanais avaient l'intention d'émigrer, ils prirent des mesures immédiates et violentes pour les en empêcher. Si Irnan réussissait à émigrer, d'autres communautés suivraient sûrement son exemple, laissant les Hérauts et leurs protégés en bien mauvaise posture. La disparition d'Ashton et la fermeture du consulat ont été un choc pour nous, mais certes pas une surprise.

Sur les Hérauts, on savait beaucoup de choses.

Stark voulait trouver Gelmar et le torturer jusqu'à ce qu'il révèle ce qu'il avait fait à Ashton. Mais c'était impossible à cause des Errants, cette populace dévouée et prête à tout, à tout instant. Stark se transforma donc en appât.

Deux jours durant, il marcha tranquillement dans les rues, s'assit paisiblement dans les tavernes et bavarda calmement avec quiconque voulait l'écouter, posant des questions et laissant échapper, à diverses reprises, le nom d'Irnan.

Le soir du second jour, on mordit à l'appât.

II

Stark se trouvait dans la rue principale de Skeg, sur la place du marché. Il regardait une troupe d'acrobates sans aucun talent lorsque quelqu'un vint très près de lui.

Il baissa les yeux. C'était une femme — il l'avait su à son contact —, une Errante, totalement nue sauf pour des dessins de cercles et de spirales peints sur sa peau et ses cheveux qui couvraient ses épaules comme une cape.

Elle leva les yeux et sourit.

— Je m'appelle Baya, dit-elle.

Cela signifiait gracieuse. Elle l'était.

— Viens avec moi.

— Je regrette, mais je ne suis pas preneur.

Elle garda le sourire.

— L'amour viendra plus tard — ou pas du tout, selon ton désir. Mais je peux te parler de cet homme, Ashton, qui a pris la route vers Irnan.

Stark dit sèchement :

— Que sais-tu de cela ?

— Je suis une Errante. Nous savons beaucoup de choses.

— Très bien. Parle-moi d'Ashton.

— Pas ici. Trop d'yeux, trop d'oreilles. C'est un sujet interdit.

— Alors pourquoi veux-tu en parler ?

Elle lui répondit d'un regard et d'un sourire. Elle ajouta :

— D'ailleurs, je me moque de tous les interdits. Tu connais la vieille forteresse ? Vas-y, maintenant. Je te rejoindrai.

Sourcils froncés, sur ses gardes, Stark hésitait. Elle bâilla et dit :

— A ta guise.

Elle s'éloigna, se perdit dans la foule. Stark resta sur place un instant puis se dirigea nonchalamment vers le bas de la rue qui se terminait par une allée tranquille. Il atteignit le bord du fleuve.

Un pont s'y était trouvé jadis ; maintenant il n'y avait plus qu'un gué pavé de pierres. Un homme en robe jaune le franchissait ; ses cuisses mouillées brillaient sous la jupe relevée. Une demi-douzaine d'hommes et de femmes le suivaient, se tenant par la main. Stark poursuivit sa route sur les pavés disjoints de la rive.

La mer lapait les falaises sous la forteresse qui était maintenant devant lui. L'étoile rousse se couchait avec flamboyance ; les couchers de soleil spectaculaires paraissaient chose normale ici. L'eau sans marées brillait, acquérant peu à peu un éclat nacré. Des choses invisibles s'y ébattaient et le son étrange et lointain de voix ululantes fit tressaillir Stark. Le consul avait fidèlement rapporté ce qu'on lui avait dit sur les Enfants de Notre-Mère-la-Mer, mais il n'y avait, de toute évidence, pas cru. Stark réservait son opinion.

Même un animal stupide aurait flairé le piège et

Stark n'était pas stupide. Les murs antiques de la forteresse se dressaient à côté de lui, silencieux du silence des siècles, portes ouvertes, créneaux vides. Il n'entendait ni ne voyait rien de menaçant, mais ses nerfs étaient tendus. Il s'appuya contre les pierres et attendit, goûtant l'odeur forte de l'air humide.

La fille vint, au pas rapide de ses petits pieds nus. Elle n'était pas seule. Un homme l'accompagnait. Un homme de haute taille, vêtu d'un somptueux justaucorps rouge sombre. Il tenait la baguette des Hérauts. Un homme au visage hautain, orgueilleux, calme ; un homme puissant, qui n'avait jamais connu la peur.

— Je suis Gelmar, dit-il. Premier Héraut de Skeg.

Stark fit un signe de tête. Les nouveaux arrivants semblaient être venus seuls.

— Vous vous nommez Eric John Stark, dit Gelmar, et vous êtes un Terrien, comme Ashton.

— Oui.

— Qu'êtes-vous pour Ashton ?

— Un ami. Un fils adoptif. Je lui dois la vie. Je veux savoir ce qui lui est arrivé.

— Et peut-être vous le dirai-je. Mais d'abord dites-moi qui vous a envoyé ici.

— Personne. Quand j'ai appris qu'Ashton avait disparu, je suis venu.

— Vous parlez notre langue. Vous connaissez l'existence d'Irnan. Pour apprendre ces choses, vous avez dû aller au Centre Galactique.

J'y suis allé pour me renseigner.

— Et puis vous êtes venu à Skaith à cause de votre affection pour Ashton.

— Oui.

— Je ne vous crois pas, Terrien. Je crois que vous

avez été envoyé pour créer encore plus de troubles ici.

Dans le crépuscule rougeoyant, Stark vit qu'ils le regardaient étrangement. Lorsque Gelmar reprit la parole son ton avait subitement changé, comme si ses questions, innocentes en apparence, avaient une importance secrète.

— Qui est votre maître ? Ashton ? Le ministère ?

— Je n'ai pas de maître, dit Stark. Il respirait à peine, l'oreille à l'affût des moindres sons.

— Un loup solitaire, dit doucement Gelmar. Où est votre foyer ?

— Je n'en ai pas.

— Un homme sans terre.

Cela commençait à prendre un ton rituel.

— Quelle est votre famille ?

— Je n'en ai pas. Je ne suis pas né sur la Terre. Mon autre nom est N'Chaka, l'Homme-Sans-Tribu.

Baya poussa un petit soupir. Ses yeux, éclairés par la lumière rougeoyante, brillaient comme des gemmes.

— Laisse-moi le lui demander. Un loup solitaire, un homme sans terre, un homme sans tribu.

Elle tendit le bras, effleura Stark d'une petite main aux doigts glacés.

— Veux-tu te joindre à moi et devenir un Errant ? Tu n'auras qu'un maître, l'amour. Un foyer, Skaith. Et un peuple, nous.

— Non, dit Stark.

Elle recula et ses yeux brillèrent d'un feu étrange. Elle dit à Gelmar :

— C'est *lui*. L'Homme Sombre de la prophétie.

Surpris, Stark questionna :

— Quelle prophétie ?

— Ils n'ont pas pu vous le dire à Pax, dit Gelmar, car la prophétie n'a été faite qu'après le départ du consul. Mais nous vous attendions.

La fille poussa un cri et Stark entendit les sons qu'il avait guettés.

Ils arrivèrent des deux côtés, autour de la forteresse. Une vingtaine de grotesques bondissants, mâles et femelles, de toutes formes et de toutes tailles, vêtus n'importe comment. Des mains brandissaient des bâtons et des pierres. Quelques-uns psalmodiaient :

— A mort ! A mort !

— Je croyais qu'il était interdit de tuer à Skeg, dit Stark.

Gelmar sourit.

— Sauf quand je l'ordonne.

Baya tira une longue épingle-stylet de ses cheveux sombres.

Stark employa la seconde qui lui restait à regarder autour de lui comme s'il cherchait désespérément à fuir.

Gelmar s'éloigna vers le bord de la falaise, laissant champ libre à ses Errants qui commençaient à lanc des pierres.

Au loin, sur l'eau, les voix ululantes appelaient gloussaient.

Comme un fauve, Stark se jeta sur Gelmar et plongea avec lui dans la mer.

Ils touchèrent un fond fangeux. Il fut immédiatement évident que Gelmar ne savait pas nager. Pas étonnant, songea Stark, en le maintenant sous l'eau jusqu'à ce que Gelmar faiblisse. Puis il le ramena à la surface et lui permit de respirer. Gelmar le fixa avec une telle stupéfaction outragée que Stark éclata de rire. Sur la falaise les Errants ébahis formaient une rangée disparate.

— Les Enfants de Notre-Mère-la-Mer, dit Stark, passent pour être des mangeurs d'hommes.

— Ils le sont, s'étrangla Gelmar. Vous devez être... fou...

— Qu'ai-je à perdre ? fit Stark en le replongeant sous l'eau.

Lorsqu'il lui permit de refaire surface le reste de l'arrogance de Gelmar se perdit dans de violentes nausées.

Les voix ululantes s'étaient rapprochées et elles étaient timbrées d'une note nouvelle : l'intérêt accru de chiens ayant trouvé une piste.

— Deux questions, dit Stark. Ashton est-il vivant ?

Gelmar s'étrangla et Stark le secoua.

— Tu veux que les Enfants te mangent aussi ? Réponds-moi !

Faiblement, Gelmar dit :

— Oui. Oui, il est vivant.

— Mens-tu, Héraut ? Dois-je te noyer ?

— Non ! Les Seigneurs... Protecteurs... le voulaient... vivant. Pour... l'interroger. Nous l'avons capturé... sur la route d'Irnan.

— Où est-il ?

— Dans le Nord. La Citadelle... des Protecteurs. Au Cœur-du-Monde.

Les Errants avaient commencé à gémir, exhalant de longues plaintes sinistres. Ils formaient une chaîne humaine descendant le long de la falaise, mains tendues pour secourir Gelmar. La première des Trois Reines argenta le ciel et la mer. Une joie sauvage brûla Stark.

— Bien. Une troisième question. Quelle prophétie ?

— Gerrith... la Femme Sage d'Irnan.

Gelmar retrouvait la voix tandis que se rapprochaient les ululements.

— Elle a prédit... qu'un étranger viendrait... détruire les Seigneurs Protecteurs... à cause d'Ashton.

Ses yeux, ni fiers ni calmes, regardaient ardemment la falaise.

— Ah ? dit Stark. Peut-être a-t-elle vu juste.

Il repoussa Gelmar vers les mains tendues, mais n'attendit pas de voir s'il les avait atteintes. Sur les flots chauds et immondes se détachaient des éclats blancs, comme si de nombreux nageurs faisaient de l'écume.

Stark quitta ses sandales, s'allongea dans l'eau et se dirigea vers la rive opposée. Le fracas de sa propre ruée couvrait tous les autres sons mais il savait qu'ils le rattrapaient. Il réussit à allonger ses brasses un peu plus. Puis il sentit les vibrations, un grondement dans l'eau que quelque chose déplaçait à coups rythmés. Il fut conscient d'un corps immensément fort, incroyablement rapide, qui le dépassa.

Au lieu de se retourner et de fuir à l'aveuglette, ainsi qu'on s'y attendait, Stark se rua à l'attaque.

III

Presque instantanément, Stark comprit qu'il avait commis une erreur. Peut-être sa dernière erreur. Il avait l'avantage de la surprise, qui ne dura pas. En matière de force et de réflexes il était aussi proche du fauve qu'un homme peut raisonnablement l'être ; mais son adversaire était dans son propre élément. Stark enlaça la créature mais elle jaillit hors de l'eau, lui faisant lâcher prise. Il la vit brièvement au-dessus de lui dans le rayonnement des Trois Reines ; les bras étendus brillaient de gouttes d'eau, le corps était ceinturé d'écume. En riant, la chose le regarda ; ses yeux étaient semblables à des perles. Puis elle disparut, plongeant sous la surface. Sa forme était humaine, sauf pour des endroits où la peau présentait un aspect étrange. Et la tête n'avait pas d'oreilles.

Maintenant la chose avait disparu, quelque part au-dessous de Stark.

Il vira, plongea.

La chose tourna autour de lui, passa sur lui et disparut à nouveau. Elle s'amusait.

Stark revint à la surface. Au loin, les éclaboussements avaient cessé. Il voyait des têtes à la surface, et entendait les voix horribles ululer et glousser. La meute paraissait attendre, laissant son chef jouer.

Stark ne voyait rien entre lui et la rive. Il se dirigea à nouveau vers elle, nageant frénétiquement. Pendant un instant, il ne se passa rien et la rive était si proche, si tentante, que Stark crut avoir réussi. Puis une main puissante saisit sa cheville et l'entraîna fermement sous l'eau.

Maintenant, il lui fallait faire vite.

N'économisant plus ses forces puisque la minute de vérité avait sonné, il plia les genoux, recroquevillé contre l'eau qui voulait l'allonger. Il saisit sa cheville, trouva la main étrangère et transféra son étreinte sur le poignet ennemi. Pendant ce temps la créature marine et lui descendaient de plus en plus bas et la lumière laiteuse s'estompait.

Le bras était long, couvert de fourrure ; des muscles puissants étaient recouverts d'une couche de graisse. La main de Stark glissait sans cesse et il savait que s'il lâchait ce serait sa fin. Tandis qu'il nageait il avait fait des réserves d'oxygène ; mais ses réserves s'épuisaient rapidement et son cœur battait déjà à coups de boutoir. Ses doigts griffaient, déchiraient, avançant convulsivement vers le point où il pourrait faire céder l'autre.

La descente en douceur cessa. La créature tourna la tête. Stark vit un visage mal défini, des yeux glauques écarquillés ; des bulles sortaient d'un nez atrophié au cours des siècles. Le bras libre qui avait dirigé leur descente se tendit, non vers les mains de Stark, mais vers sa nuque. Le jeu était terminé.

Stark enfonça sa tête entre ses épaules. Des griffes strièrent ses muscles. Sa propre main s'enfonça dans une peau palmée derrière l'aisselle de la créature. Il se

redressa violemment et sa cheville se libéra. Il s'accrocha sous le bras de la créature.

L'Enfant de la Mer avait, lui aussi, commis une erreur. Il avait sous-estimé sa victime. Les humains dont il avait l'habitude, pêcheurs naufragés ou sacrifices rituels offerts par les adorateurs de terre ferme de la Mer-Notre-Mère, étaient des proies faciles. Les malheureux se savaient condamnés. Stark n'en était pas sûr, et il était soutenu par la pensée d'Ashton et de la prophétie. Il parvint à enlacer le cou musclé par-derrière et à serrer les jambes autour du corps incroyablement puissant. Et il s'accrocha.

Ce fut un cauchemar. La créature roulait, plongeait, luttant pour lui faire lâcher prise. C'était comme si Stark chevauchait une baleine enragée ; il se sentait mourir, mourir, et il resserrait son étreinte dans une rage aveugle et folle, résolu à ne pas mourir le premier.

Quand les os du cou craquèrent soudain, il put à peine le croire.

Il lâcha prise. Le corps lui échappa ; des bulles sombres sortaient de son nez et de sa bouche. Comme une flèche, Stark fila vers la surface.

L'instinct le força à faire surface silencieusement. Il savoura avec délice l'air frais, tâchant de ne pas faire de bruit tandis qu'il aspirait avidement. D'abord il n'arriva pas à se rappeler pourquoi le silence était si essentiel. Puis, les ténèbres tambourinantes se dissipant, il entendit à nouveau les voix riantes et ululantes de la meute. Elle attendait que son chef lui apporte un festin. Stark sut que son répit devait être très court.

Le combat l'avait mené au-delà de l'étroit chenal, ce qui était aussi bien puisqu'il ne pouvait en aucun cas

retourner à Skeg. Sur la falaise le groupe, comme les Enfants, attendait. Stark ne le voyait que comme une tache sombre au loin. Il était certain que le groupe ne pouvait le voir. Avec un peu de chance, on penserait qu'il avait péri dans la mer.

Stark eut un sourire cynique. Avec un peu de chance... non qu'il ne crût pas à la chance. Simplement, il l'avait trouvée une alliée peu sûre.

Avec une précaution infinie, Stark nagea jusqu'à la rive proche et rampa sur la terre ferme. Il y avait des ruines au bord du fleuve, de vieux murs abandonnés depuis longtemps et recouverts de vignes vierges. Les ruines formaient un excellent refuge. Stark y pénétra et s'assit, s'adossant aux pierres tièdes. Chacun de ses muscles et de ses tendons était une souffrance hurlante et distincte.

Une voix dit :

— Avez-vous tué la chose ?

Stark leva les yeux. Un homme se tenait dans une trouée du mur, du côté opposé à la mer. Il n'avait fait aucun bruit, tout comme s'il avait attendu sur place l'arrivée de Stark et n'avait eu qu'à avancer de quelques centimètres. Il portait une robe ; bien que la lumière des pléiades changeât les couleurs, Stark fut certain que la robe était jaune.

— Vous êtes l'homme que j'ai vu au gué.

— Oui. Gelmar et la fille vous ont suivi et ensuite une bande d'Errants. Les Errants nous ont jeté des pierres et nous ont dit de partir. Nous avons donc rebroussé chemin. J'ai laissé les miens et suis venu voir ce qui se passait.

Il reprit :

— Avez-vous tué la chose ?

— Oui.

— Alors éloignez-vous d'ici. Ils ne sont pas entièrement marins, vous savez. Dans quelques instants ils vont déferler ici, à vos trousses. Il ajouta : — Je m'appelle Yarrod.

— Eric John Stark.

Stark se mit debout. Du côté de la mer, les voix des Enfants s'étaient subitement tues. Trop de temps s'était écoulé ; ils savaient maintenant qu'il s'était passé quelque chose d'anormal.

Yarrod avançait à travers les ruines ; Stark le suivit jusqu'à ce qu'ils fussent à bonne distance de la mer. Puis il mit une main sur l'épaule de Yarrod et l'arrêta.

— Qu'avez-vous à faire avec moi, Yarrod ?

— Je ne le sais pas encore.

Il contempla Stark à la lueur des étoiles. Yarrod était grand, avec des épaules larges, osseux, musclé. Stark pensa que c'était un guerrier de profession, se faisant, pour une raison quelconque, passer pour ce qu'il n'était pas.

— Peut-être suis-je curieux de savoir pourquoi Gelmar voulait tuer un homme d'outre-monde dans un lieu où tuer est interdit, même aux Errants.

Un hurlement inouï de tristesse et de fureur vint de la mer et Stark tressaillit.

— Vous entendez ? dit Yarrod. Ils ont trouvé le corps. Gelmar saura que vous avez tué la chose et se demandera si vous êtes mort ou non. Il tentera de s'en assurer. Voulez-vous être traqué dans ces ruines par les Errants ou voulez-vous me faire confiance et me laisser vous cacher ?

— Je n'ai pas beaucoup le choix, dit Stark en haussant les épaules.

Il suivit Yarrod, prudemment.

Le timbre du hurlement changea ; certaines des créatures, à en juger par le bruit, se hissaient sur la rive.

— Que sont-ils ? Des bêtes ou des humains ?

— Les deux. Il y a mille ou deux mille ans certains ont cru que le seul recours de l'homme était le retour à la Mer-Notre-Mère, le retour à la matrice dont nous sommes issus. Et ils l'ont fait. Ils ont fait modifier leurs gènes par une méthode encore connue alors, afin de hâter l'adaptation. Et ils sont là-bas, perdant de leur humanité à chaque génération et plus heureux que nous.

Yarrod pressa le pas ; Stark l'imita. Les hurlements sauvages s'estompèrent. Le consul avait douté de ce qu'on lui avait dit des Enfants de la Mer. Stark, lui, n'en doutait plus.

Comme s'il avait deviné sa pensée, Yarrod eut un rire bref.

— Skaith regorge de surprises. Vous allez en avoir une autre.

Haut sur la rive au-dessus du gué se trouvait une sorte d'arc, au toit intact, ouvert des deux côtés, ce qui importait peu dans ce climat si tempéré. Des vignes vierges servaient de rideaux. Un feu brûlait à l'intérieur ; la demi-douzaine d'hommes et de femmes que Stark avait vus au gué avec Yarrod étaient groupés auprès du feu, têtes rapprochées, bras enlacés. Ils ne bougèrent pas et ne levèrent pas les yeux à l'entrée de Stark et de Yarrod.

— Pas mal, hein ? fit Yarrod. Ou bien êtes-vous au courant ?

Stark fouilla son dossier mental sur Skaith.

— Ils font semblant d'être une cosse. Et vous êtes censé être un Maître Cossier.

Une cosse, selon le dossier, était un rassemblement de gens tellement sensibilisés par une sorte de thérapie de groupe qu'ils n'existaient plus en tant qu'individus mais uniquement en parties interdépendantes d'un organisme unique. Le Maître Cossier les entraînait et ensuite veillait à leur nourriture et à leur propreté jusqu'à ce que sonne l'heure de la Béatitude Totale. Elle sonnait lorsque l'un des éléments mourait ; tout l'organisme le suivait, trouvant enfin sa libération. La vie moyenne d'une cosse était de quatre ans. Après quoi le Maître Cossier recommençait avec un autre groupe.

— Les Maîtres Cossiers peuvent aller partout, dit Yarrod. Ils sont presque aussi révérés que les Hérauts.

Il se tourna vers le groupe :

— Bien, mes amis, vous pouvez respirer à nouveau, mais pas pour longtemps. Gelmar et sa meute ne vont pas tarder à venir à la recherche de notre hôte. Breca, veux-tu aller surveiller le gué ?

Le groupe se sépara. Une femme de haute taille, évidemment Breca, passa devant Stark en le fixant d'un regard curieusement pénétrant. Puis elle disparut sans bruit derrière les vignes vierges.

A la lueur des flammes, Stark scruta les cinq visages restants. Des visages forts, sur le qui-vive, intensément curieux comme si Stark signifiait quelque chose pour eux.

L'un des cinq, un homme puissant à l'air querelleur et à l'œil jaloux déplut immédiatement à Stark. Il questionna Yarrod :

— Pourquoi tous ces hurlements venant de la barre ?

Yarrod montra Stark :

— Il a tué un Enfant de la Mer.

— Et il a survécu ?

L'homme était visiblement incrédule.

— Je l'ai vu, dit sèchement Yarrod. Maintenant, Stark, dites-nous pourquoi Gelmar a jeté les Errants sur vous ?

— En partie parce que je posais des questions sur Ashton. Et en partie à cause d'une prophétie.

Ils poussèrent le même soupir que la fille Errante.

— Quelle prophétie ?

— Une femme nommée Gerrith, la Femme Sage d'Irnan, a prophétisé qu'un homme d'outre-monde viendrait abattre les Seigneurs Protecteurs à cause d'Ashton.

Il leur jeta un regard perçant.

— Mais vous savez tout cela, n'est-ce pas ?

— Nous sommes tous d'Irnan, dit Yarrod. Nous avons attendu Ashton, mais en vain. Et puis Gerrith a fait sa prophétie et les Hérauts l'ont tuée. Qu'était Ashton pour vous ?

— Qu'est un père à un fils, un frère à un frère ?

Stark changea de position pour soulager son corps endolori ; mais pour la douleur plus profonde il n'y avait pas de soulagement ; ils le virent, et en furent troublés. Les yeux de Stark brillaient étrangement.

— Vous, gens d'Irnan, avez décidé de quitter cette planète et je vous comprends. Vous vous êtes adressés

au consul de l'Union Galactique à Skeg, lui demandant son aide mais à titre ultra-confidentiel. Le ministère des Affaires planétaires accepta de vous installer sur une autre planète et de vous fournir les vaisseaux nécessaires à votre émigration. Ashton est venu du ministère à Skaith pour discuter avec vos chefs et prendre les décisions finales. Quelqu'un a dit qu'il avait agi en imbécile — parce que l'affaire avait cessé d'être secrète. Qui a parlé ?

— Aucun d'entre nous, dit Yarrod. Quelqu'un du consulat, peut-être. Ou peut-être Ashton a-t-il été maladroit.

— Gelmar l'a capturé sur la route d'Irnan.

— C'est Gelmar qui vous l'a dit ?

— Sans en avoir l'intention. Il avait d'autres projets pour moi et le renseignement aurait été gâché. Je l'ai entraîné avec moi dans la mer et lui ai donné le choix.

Yarrod poussa un profond soupir.

— Vous l'avez entraîné dans la mer. Ne savez-vous pas qu'il est interdit, formellement interdit sous peine de mort, de porter la main sur un Héraut ou de s'opposer à sa volonté ?

— J'étais déjà sous peine de mort et, de toute façon, Gelmar avait besoin d'une leçon de politesse.

Ils le contemplèrent. Puis l'un rit, et ils rirent tous, sauf l'homme à l'œil jaloux qui montra seulement les dents. Yarrod dit :

— Il se peut que vous soyez l'Homme Sombre.

Le rideau de vignes frémit légèrement. Breca était revenue.

— Des gens approchent du gué. Ils sont une vingtaine et très pressés.

IV

Immédiatement, le groupe devint silencieux. Yarrod passa à l'action.

— Ici, dit-il à l'oreille de Stark en désignant une fissure dans le mur, à peine assez large pour contenir un corps comme celui de Stark et ne permettant aucun mouvement, ni offensif ni défensif.

— Décidez-vous, dit Yarrod. Dans un instant nous serons contraints de vous livrer afin de nous sauver.

Stark accepta l'inévitable et se glissa dans la fissure. En quelques secondes l'ouverture fut dissimulée par les maigres bagages des Irnanais : gourdes de cuir, sacs de grain et de viande séchée pour le voyage, une tunique de rechange pour chacun — et par la cosse elle-même, reformée à côté de l'amoncellement. Stark avait quelque difficulté à respirer et ne pouvait rien voir, mais il avait été dans des situations plus pénibles encore.

A condition que les Irnanais ne le trahissent pas. Cela, il n'y pouvait rien. Il ne pouvait qu'endurer et attendre.

Du dehors, il n'entendait qu'un bruit de foule, confus. Puis Gelmar entra et Stark l'entendit distinctement parler à Yarrod :

— Puissent les vôtres jouir de la paix et d'une béatitude rapide, Maître. Je suis Gelmar de Skeg.

La politesse obligeait Yarrod à s'identifier à son tour. Il le fit, donnant un faux nom et un faux lieu d'origine. Il termina par une phrase onctueuse et grave :

— Que puis-je pour vous, mon fils ?

— Quelqu'un est-il passé par ici ? Un homme d'outre-monde, récemment sorti de la mer, peut-être blessé ?

— Non, dit Yarrod d'une voix égale qui n'exprimait aucun intérêt. Je n'ai vu personne. D'ailleurs, qui peut échapper à la mer ? Voilà une heure à peine, j'ai entendu les Enfants chasser.

— Peut-être que le Maître ment, dit hargneusement une voix de femme que Stark reconnut fort bien. Il était au gué. Il nous a vus.

— Et les vôtres nous ont lancé des pierres, dit Yarrod avec un reproche sévère. Ma cosse a pris peur et j'ai dû faire de grands efforts pour la calmer. Même un Errant devrait montrer plus de respect.

— Nous devons leur pardonner, dit Gelmar. Ce sont les enfants des Seigneurs Protecteurs. Vous manque-t-il quelque chose ? De la nourriture ? Du vin ?

— Nous en avons suffisamment. Peut-être viendrai-je demain à Skeg, vous en demander.

— Ce sera donné avec joie.

Après des adieux, courtois, Gelmar et la fille quittèrent apparemment la caverne. Un instant plus tard, Stark entendit des cris et des hurlements tandis que les Errants s'égaillaient au milieu des ruines.

« Ils me cherchent », pensa Stark, bénissant son étroite cachette.

Une misérable racaille, certes. Mais ils étaient vingt,

contre un homme sans arme. Ses chances seraient minces...

Pendant quelque temps il ne se passa rien, sauf que Yarrod et sa cosse psalmodièrent une sorte de litanie qui eut un effet soporifique sur Stark. Ils avaient dû s'entraîner assidûment, mus par une motivation puissante ; Stark croyait savoir laquelle.

La psalmodie devint un léger chantonnement ; Stark entendit des bruits et des voix au-dehors.

La voix de Yarrod dit, distinctement :

— Vous ne l'avez pas trouvé ?

Un peu froidement, Gelmar répondit :

— Aucune trace de lui. Mais les Enfants sont allés sur la barre.

— Alors ils l'ont sans doute déjà dévoré.

— Sans doute. Cependant si vous le voyez... Il a violé la loi. C'est un homme dangereux. Il a porté la main sur moi. Étant d'outre-monde, il pourrait ne pas respecter votre robe.

— Je n'ai nulle crainte, mon fils, dit Yarrod avec une onctuosité que Stark jugea excessive. Que souhaitons-nous tous, sinon la Béatitude ?

— C'est vrai, dit Gelmar. Bonne nuit, Maître.

— Bonne nuit. Et emmenez vos remuantes ouailles. Chaque fois que le calme de ma cosse est troublé, le jour de la libération est retardé d'autant.

Gelmar fit une réponse et il y eut d'autres bruits, de gens s'éloignant.

Après ce qui parut à Stark une longue attente Yarrod écarta les bagages.

— Partez bas, dit-il. Je crois que Gelmar a laissé des espions. C'est comme essayer de compter de la ver-

mine, donc je n'en suis pas sûr, mais je n'ai pas vu la fille.

Stark se mit debout et s'étira. La cosse s'était défaite et Breca était absente. Sans doute était-elle aux aguets.

— Maintenant, dit brusquement Yarrod, nous avons une décision à prendre.

Tous fixèrent Stark.

— Tu crois qu'il est l'Homme Sombre ? fit l'Irnanais massif qui avait douté plus tôt.

— Je crois que c'est possible. Gelmar paraissait convaincu.

— Supposons qu'il n'est pas l'Homme Sombre. Supposons que nous nous hâtions de retourner à Irnan pour apprendre qu'il ne l'est pas. Tout notre labeur aura été vain et notre mission aura échoué... pour rien.

Il y eut des murmures d'assentiment.

— C'est possible, Halk. Que suggères-tu ?

— Qu'il aille seul à Irnan. S'il est vraiment l'Homme Sombre, il y parviendra.

— Je ne tiens pas particulièrement à aller à Irnan, dit Stark avec une bonne humeur dangereuse. Ashton n'y est pas.

— Nous ne le savons que trop bien, dit Yarrod. Où est-il ?

— Dans la Citadelle des Seigneurs Protecteurs, à Cœur-du-Monde. Où est-ce ?

— Au nord, de toute façon, dit Yarrod. Et, de toute façon, vous devez aller à Irnan.

— Pourquoi ?

— Pour que Gerrith, la fille de Gerrith, puisse dire si

vous êtes réellement l'Homme Sombre de la prophétie.

— Oh ! Gerrith avait une fille.

— Toutes les Femmes Sages s'efforcent d'en avoir une, pour que les précieux gènes ne se perdent pas. Vous le comprenez, Stark, nous devons être sûrs avant de vous suivre. Et sans nous, sans notre aide, vous aurez bien du mal à remplir votre mission.

— Il aura du mal de toute façon, dit Halk, mais il fera aussi bien de coopérer avec nous. — Il sourit à Stark. — Vous ne pouvez plus quitter Skaith par le spatioport. Et il n'y a pas d'autre issue.

— Je le sais. Puisque je n'ai nulle envie de partir cela n'a pas d'importance.

Stark se tourna vers Yarrod.

— Peut-être puis-je résoudre le problème immédiat. Vous n'êtes évidemment pas venus ici pour me secourir, donc vous aviez une autre raison. Laquelle ?

Yarrod, furieux, montra les dents.

— Nous autres Irnanais n'avons plus le droit de voyager sans un permis spécial des Hérauts et nous avons pensé qu'ils nous interdiraient ce voyage. C'est pourquoi nous nous promenons sous ce déguisement idiot, afin de venir à Skeg pour tenter d'apprendre ce que l'Union Galactique compte faire à notre sujet. Vous l'auraient-ils dit, à Pax ? Ils semblent vous avoir tout dit d'ailleurs

— Ils me l'ont dit, en effet.

Tout le groupe avança d'un pas.

— Que feront-ils ? Enverront-ils quelqu'un ?

— Ils ont envoyé quelqu'un, dit Stark. Moi.

Il y eut un silence stupéfait. Puis Halk questionna, avec un ricanement audible :

— Officiellement ?

— Non. Ils ont tenté officiellement de renouer des contacts avec Skaith. Sans succès.

— Et ils vous ont envoyé. Qui est votre maître, alors ?

Stark comprit ce que Halk voulait dire et sourit.

— Je n'en ai pas. Je suis un mercenaire de profession. Puisque je venais de toute façon, le ministre m'a demandé de découvrir ce que je pourrais sur ce qui se passait ici et de lui faire un rapport... si je survivais. Je ne reçois pas d'ordres de lui et il n'assume pas de responsabilités pour moi.

— Alors, dit Yarrod, c'est tout ce que nous pouvons espérer ?

— A moins d'une invasion, oui. L'Union Galactique n'aime pas employer la force. Si vous voulez être libres, il faudra gagner vous-mêmes votre liberté.

Stark haussa les épaules.

— Vous devez savoir que Skaith n'est pas la planète la plus importante de la galaxie.

— Sauf pour nous qui y vivons, dit Yarrod. Bon. Nous retournons à Irnan. C'est d'accord ?

Même Halk dut reconnaître qu'ils avaient appris ce qu'ils étaient venus apprendre, bien que ce ne fût pas ce qu'ils espéraient.

— Mais pas trop vite, fit Yarrod en fronçant les sourcils. Nous nous trahirions. Gelmar m'attendra à Skeg demain et il doit faire surveiller ce côté du fleuve.

— Et Stark ? dit Halk. Nous pouvons difficilement l'inclure dans la cosse !

— Il devra nous précéder, cette nuit, et nous attendre au...

Breca vint rapidement à travers les vignes vierges, imposant le silence d'un geste.

— Je les entends revenir par ici.

— Stark...

— Pas dans ce trou, merci, bien qu'il ait été le bienvenu tout à l'heure. Ont-ils fouillé le toit ?

— Oui.

La cosse se réorganisait, en silence et en hâte.

— Alors ils ne recommenceront sans doute pas.

Stark sortit par la voûte arrière, laissant les vignes reprendre leur place sans bruit, Tête tendue, il écouta. A une certaine distance, des gens se déplaçaient. S'ils croyaient le faire en silence, ils se trompaient lourdement. Le ciel superbe rayonnait de ses îles de feu laiteux. Stark examina la maçonnerie en ruine de la voûte et se mit à grimper.

V

Le sommet de la voûte offrait un certain abri. Des lambeaux de murs se dressaient encore sur ses bords. Stark était moins inquiet puisque la plupart des Errants étaient partis, mais il était plus sage de ne pas être vu.

Il s'était à peine installé lorsque Baya et deux autres Errants apparurent. Gelmar les avait peut-être laissés exprès, après que la fouille des ruines eut échoué, dans l'espoir de surprendre quelqu'un. Ou peut-être Baya l'avait-elle décidé seule.

Elle menait les hommes qui manifestement s'ennuyaient, capricieux comme des bébés. L'un était grand et maigre, complètement nu sauf pour la peinture dans laquelle il semblait s'être vautré. Ses cheveux et sa barbe étaient pleins de débris divers. Le second était plus petit et plus gros. Stark ne pouvait rien voir de plus, car il était entortillé dans des morceaux d'étoffes de couleurs voyantes qui lui couvraient même le visage. Des fleurs étaient piquées dans les plis du tissu.

— Retournons, Baya, dit le plus grand en se tournant vers le gué. Tu as vu qu'il n'y a personne ici.

— L'Homme Sombre est mort dans la mer, dit le

plus petit d'une voix aiguë et impatiente à travers ses voiles. Les Enfants l'ont dévoré. Comment pourrait-il en être autrement ?

Baya remua les épaules comme si de l'air froid l'avait effleurée et secoua négativement la tête.

— Je lui ai parlé. Je l'ai touché. Il avait quelque chose d'étrange. Une force. Une force terrible. N'a-t-il pas tué un Enfant de la Mer ?

— Tu es idiote, dit le plus petit en sautillant comme un lapin. Idiote comme une fille. Tu as vu ses muscles et tu veux qu'il soit vivant. Tu regrettes qu'il ne t'ait pas aimée avant de mourir.

— Tiens ta langue, dit Baya. Peut-être est-il mort et peut-être pas. S'il n'est pas mort, quelqu'un le cache. Cesse de te plaindre et fouille.

— Mais nous avons déjà fouillé...

Le grand couvert de débris soupira :

— On ferait mieux de lui obéir. Tu connais son caractère infernal.

Ils s'éloignèrent, hors de la vue de Stark, mais non hors de son ouïe. Baya resta sur place contemplant, sourcils froncés, les lueurs du feu venant de la voûte. Puis elle avança. Son corps insolent brillait sous la lumière des Trois Reines. Stark la perdit de vue puisqu'elle était au-dessous de lui, mais il entendit le froissement des vignes vierges qu'elle écartait.

— Maître...

La voix furieuse de Yarrod se fit entendre :

— Tu n'as rien à faire ici. Va-t'en !

— Mais, Maître, je veux me renseigner. Peut-être voudrai-je faire partie d'une cosse, lorsque je serai lassée d'être une Errante. Parlez-moi des cossiers, Maître. Est-ce vrai qu'ils oublient tout, même l'amour ?

Elle laissa retomber les vignes et entra sous la voûte.

Les voix étaient maintenant trop confuses pour que Stark distingue les mots. Quelques instants plus tard, Baya poussa un cri de douleur et les vignes furent brutalement écartées tandis que Yarrod et elle sortaient. Yarrod la tenait cruellement par les cheveux. Il la força à s'éloigner, pleurant et se débattant, vers le bord du fleuve dans lequel il la poussa.

— Tu as fait assez de mal pour aujourd'hui, dit-il. Si tu approches encore de ma cosse tu le regretteras. — Il cracha et ajouta : Racaille d'Errants ! Je n'ai que faire de toi.

Il la laissa et retourna vers la voûte. Debout dans l'eau peu profonde du gué elle brandit ses poings dans sa direction tout en hurlant.

— Vous vivez des largesses des Seigneurs Protecteurs, tout comme nous ! Qu'est-ce que vous êtes de plus que nous, espèce de...

Elle émit un flot d'obscénités ; puis sa propre rage l'étouffa et elle eut une quinte de toux.

Ses deux compagnons fouillaient les ruines. Ils poussèrent soudain des cris de joie. Baya remonta sur la rive.

— Vous l'avez trouvé ?

— Nous avons trouvé de l'herbe d'amour ! De l'herbe d'amour !

Les deux Errants reparurent, brandissant des poignées de quelque chose qu'ils avaient déterré et qu'ils mâchaient avidement. Le plus grand en tendit à Baya.

— Tiens. Oublie le mort. Aimons-nous dans la joie.

— Non. Je n'ai pas envie d'aimer.

Elle se tourna vers la voûte.

— J'ai envie de haïr. Les Maîtres Cossiers sont censés être de saints hommes. Celui-ci est trop plein de haine.

— Peut-être parce qu'on lui a lancé des pierres, dit le plus petit en se bourrant d'herbe.

— On s'en moque, dit le plus grand. — Il prit Baya par l'épaule. — Mange, et tu auras envie de faire l'amour.

Il mit de force un peu d'herbe dans la bouche de Baya, qui la recracha.

— Non ! Il faut que je parle à Gelmar. Je crois qu'il y a quelque chose...

— Plus tard, dit l'Errant. Plus tard.

Il rit et le plus petit rit aussi. Ils se mirent à se renvoyer Baya. La lutte semblait leur faire plaisir et hâter l'effet de la drogue. Baya tira le stylet de ses cheveux. Elle blessa l'Errant nu, mais peu profondément. Ils rirent, et lui prirent le stylet. Puis ils la jetèrent à terre et ils se mirent à la battre.

Le sommet de la voûte n'était pas haut. Stark fut sur le sol en un bond. Les Errants ne l'entendirent ni ne le virent. Ils étaient bien trop occupés et Baya hurlait à pleins poumons.

Stark frappa le plus grand une fois, à la base du crâne. Il tomba et le plus petit l'imita sans une plainte, éparpillant les fleurs qui lui restaient. Stark écarta les corps. Baya leva les yeux sur lui, des yeux vagues et stupéfaits. Elle dit quelque chose, son nom, peut-être. Stark n'en fut pas sûr. Il pressa le centre nerveux sur le côté de son cou, elle perdit connaissance.

Yarrod était sorti et se tenait près de lui, furieux.

— Vous avez eu grand tort. Sot ! Qu'importe le sort d'une Errante ?

— Le sot c'est vous, dit Stark. Vous vous êtes trahi. Elle allait dire à Gelmar que le Maître Cossier était un imposteur.

Il hissa la fille sur son épaule et se releva sans effort.

— Elle vous a vu, je présume.

— Je le pense.

— Et ceux-ci ?

Les deux hommes ronflaient bruyamment. Ils exhalaient une odeur forte, douce amère. Leurs bouches ouvertes souriaient.

— Non, dit Stark. Mais ils ont entendu ce que Baya a dit de vous. Ils pourraient s'en souvenir.

— Bon, dit Yarrod, toujours furieux. Peu importe qui est à blâmer. Nous n'avons plus le choix. Nous devons fuir et très vite.

Il regarda les lumières de Skeg brillant sur l'autre rive du fleuve et retourna vers la voûte.

Quelques instants plus tard ils avançaient au milieu des ruines et furent bientôt dans la jungle. Les Trois Reines brillaient avec sérénité. L'air tiède était moite ; lourd du parfum des plantes grimpantes dont les fleurs ne s'ouvrent que la nuit et de l'odeur de la boue et de la décomposition. Des bêtes sans nom couraient sous leurs pieds, cliquetant et se disputant à coups de petits sons aigus. Stark ajusta le poids léger de Baya sur ses épaules.

— Les routes sont interdites aux étrangers d'outre-monde, dit-il. Vous y avez certainement pensé.

— Vous n'imaginez pas que nous sommes arrivés ici

par la route ? fit Yarrod. Nous avons pu quitter Irnan en prétendant que nous allions à la chasse. Nous avons laissé nos montures et notre équipement de chasseurs de l'autre côté des collines et nous sommes venus ici à travers la jungle.

Il regarda le ciel en cillant.

— Nous pouvons y être demain à midi si nous allons à la limite de nos forces.

— Il y a une chance, n'est-ce pas, dit Stark, pour que Gelmar pense que vous avez emmené vos ouailles à cause des événements ? Et que Baya s'est simplement enfuie ? Elle a blessé un de ses amis et son poignard est resté là-bas.

— Il y a une chance, oui. Gelmar ne peut être sûr de rien, même pas de votre mort. Que feriez-vous à sa place ?

— Je mettrais les responsables sur leurs gardes, particulièrement à Irnan.

Et il maudit le nom de Gerrith, souhaitant qu'elle n'eût pas parlé.

— Ses paroles lui ont valu la mort, dit sèchement Yarrod. C'est une punition plus que suffisante.

— Ce qui m'inquiète c'est la mort que ses paroles risquent de me valoir, dit Stark. Si j'avais été au courant de cette foutue prophétie j'aurais agi autrement.

— Eh bien, dit Halk en adressant à Stark un de ses brefs sourires, si la prophétie dit vrai et que vous êtes l'homme du destin, vous n'avez rien à craindre, n'est-ce pas ?

— L'homme qui ne craint rien ne vit pas longtemps. Je crains tout. Même ça.

Il tapota la cuisse nue de Baya.

— Là, vous avez raison. Vous feriez bien de la tuer.

— Nous verrons, dit Stark. Rien ne presse.

Ils avançaient, suivant une petite étoile, verte et fixe. Yarrod l'appelait le Flambeau du Nord.

— Si Gelmar envoie un avertissement à Irnan ce sera, comme d'habitude, par messager et par les routes. Sauf accident, nous y serons bien avant.

— A moins, dit Halk, que l'Homme Sombre et sa catin ne nous retardent.

Stark eut un mince sourire.

— J'ai l'impression, Halk, que nous n'allons pas être les meilleurs amis du monde.

— Soyez patient, Stark, dit Yarrod. C'est un guerrier et les épées nous sont plus nécessaires que d'aimables caractères.

C'était exact. Stark garda son souffle pour avancer d'un pas rapide, imité par tous.

VI

C'était l'aube. Ils s'étaient arrêtés pour se reposer, presque au sommet d'une colline de la jungle.

La mer rêveuse était loin derrière eux, son horreur dissimulée par la distance et les brumes matinales, fantastiquement colorées par le lever de l'étoile rousse. Les Irnanais, tournés vers l'Est, offrirent chacun une modeste libation. Baya elle-même inclina la tête.

— Gloire à toi, Vieux Soleil, nous te remercions de ce jour, murmurèrent-ils avec sincérité.

Puis Halk, comme d'habitude, gâcha cet instant assez impressionnant. Agressif, il se tourna vers Stark :

— Nous n'avons pas toujours été des miséreux, avares de nos courtes journées, économisant chaque bout de métal afin d'avoir encore un couteau pour couper notre viande. Sur cette mer, il y a eu des navires. Des machines volantes ont fendu notre air. Nous avons eu toutes sortes de choses qui ne sont plus que légendes. Skaith était jadis un monde riche, aussi riche que n'importe quel autre.

— Mais il est trop vieux, dit Yarrod. Il est sénile et fou, et sa folie s'aggrave à chaque génération. Venez vous restaurer.

Ils s'assirent pour partager de maigres rations de nourriture et de vin aigre. Lorsque ce fut au tour de Baya, ils ne lui donnèrent rien.

— Et la fille ? dit Stark.

— Nous passons nos vies entières à la nourrir, elle et ses semblables, dit Breca. Elle n'a pas besoin de manger.

— De plus, dit Halk, nous ne l'avons pas conviée à venir.

Stark divisa sa propre ration et en donna une moitié à Baya. Elle la prit et mangea rapidement, sans un mot. Depuis qu'elle avait repris connaissance elle s'était montrée docile, marchant avec des rares plaintes légères. Stark la menait comme un petit chien, avec un lien autour du cou. Il savait qu'elle avait peur ; elle était entourée de gens qui la haïssaient ouvertement et il n'y avait pas d'Héraut pour la protéger et les terrifier. Ses grands yeux étaient cernés et sa peinture corporelle était barbouillée et salie.

— En dépit de toute leur technologie, dit Yarrod entre deux bouchées de pain dur, les vieilles civilisations n'ont jamais atteint les vols spatiaux. Elles devaient s'occuper de tâches plus importantes. Il n'y eut donc pas d'issue, ni pour elles, ni pour nous. Aucun espoir de départ. Et puis, soudain, on a entendu parler de vaisseaux spatiaux ayant atterri, d'une Union Galactique, d'autres mondes. Vous comprenez l'effet que cela nous a fait lorsque nous avons su que c'était vrai. Il y avait de l'espoir. Nous pouvions nous évader.

Stark acquiesça :

— Je comprends aussi pourquoi cette éventualité déplaît aux Hérauts. Si les travailleurs partent, tout leur système s'écroule.

Halk se pencha vers Baya.

— Il s'écroulera ! Que feras-tu alors, petite Errante ? Hein ?

Baya se recroquevilla mais il continua de la narguer jusqu'à ce qu'elle ne contienne plus sa rage.

— Cela n'arrivera jamais ! dit-elle en montrant ses dents. Les Protecteurs ne le permettront pas. Ils vous traqueront tous et vous tueront. — Haineuse, elle regarda Stark. — Les outre-mondiers n'ont rien à faire ici. Ils créent des ennuis. On n'aurait jamais dû leur permettre de venir.

— Mais ils sont venus, dit Stark, et les choses ne seront plus jamais comme avant. — Il sourit à Baya. — A votre place, j'apprendrais à subvenir à mes besoins. Bien sûr, vous pourriez toujours émigrer.

— Émigrer ! fit Halk. Aha ! Il lui faudrait apprendre à faire autre chose qu'aimer et jouir.

— Skaith se meurt, dit Baya. Qu'y a-t-il d'autre à faire ?

Stark secoua la tête.

— Skaith survivra à votre génération et à une ou deux autres. Ce n'est donc pas une bonne raison.

Elle le maudit et cria, furieuse :

— Vous êtes mauvais, vous êtes tous mauvais et vous mourrez comme la femme, Gerrith. Les Seigneurs Protecteurs vous châtieront. Ils défendent les faibles, ils nourrissent les affamés, ils abritent les...

— Ça suffit ! dit Halk en la frappant. Elle se tut, les yeux brûlants.

Halk leva la main à nouveau.

— Laisse-la, dit Stark. Elle n'a pas inventé le système. — Il se tourna vers Yarrod. — Si Irnan est aussi

bien gardé que vous le dites, comment puis-je y entrer et en sortir sans être vu ?

— Vous n'aurez pas à le faire. La grotte de la Femme Sage est dans les collines, à la sortie de la Vallée.

— Ils ne la surveillent pas aussi ?

— Comme des éperviers ! — Il ajouta, sinistrement :

— Nous nous en chargeons.

Méchamment, Halk regardait toujours Baya.

— Et que feras-tu d'elle ?

— Nous la libérerons, lorsque sa langue ne pourra plus nous nuire.

— Quand cela ? Non, donne-la-moi, Homme Sombre. Je veillerai à ce qu'elle ne nuise plus.

— Non.

— Pourquoi ce tendre souci de sa vie ? Elle était prête à te faire ôter la tienne.

— Elle avait des raisons de me haïr et de me craindre. — Stark regarda le visage taché de larmes de Baya et sourit à nouveau. — De plus, elle n'était animée que par des mobiles très nobles.

— Par l'Enfer, dit Yarrod, n'est-ce pas notre cas à tous ?

Quand ils eurent mangé, ils repartirent, allant à la limite de leurs forces. Ce qui signifiait que Baya ne pouvait les suivre. Stark la porta pendant une bonne partie du chemin. Lui-même trébuchait parfois de fatigue, conscient de toutes les douleurs que lui avait infligées le défunt Enfant de la Mer. Ils grimpèrent et l'étoile rousse monta au-dessus d'eux. Au milieu de la matinée ils atteignirent la crête et commencèrent à descendre. Ce fut d'abord plus facile mais ensuite plus dur car la déclivité devint très prononcée. Le sentier à peine visible serpentait sur le versant mais à plusieurs

reprises Yarrod les fit descendre en ligne droite afin de gagner du temps.

Ils ne se tuèrent pas tout à fait. Ils n'atteignirent pas leur but à midi, non plus. Stark estima que le Vieux Soleil avait dépassé son zénith d'une heure avant que Yarrod n'ordonne enfin une halte.

Ils se trouvaient dans une épaisse futaie d'arbres aux troncs pâles couverts de stries profondes, dont le haut et sombre feuillage touffu dissimulait complètement le ciel. Se mouvant avec précaution, Yarrod se remit à avancer, suivi de Halk. Stark tendit la laisse de Baya à Breca et les rejoignit. Les Irnanais étaient d'excellents forestiers. Pourtant, l'ouïe exceptionnelle de Stark souffrait du bruit qu'ils faisaient. Aux confins de la futaie ils devinrent plus prudents encore, scrutant les environs de derrière les arbres.

Stark vit une grande prairie ensoleillée. A quelque distance, une tour en ruine, jadis peut-être un moulin ou une partie d'une demeure fortifiée. Deux hommes en tuniques de couleur vive et justaucorps de cuir étaient assis, détendus, à la porte de la tour, leurs armes à côté d'eux. Ils étaient trop loin pour pouvoir distinguer leurs traits. Dispersés entre la futaie et la tour, une douzaine de gros animaux hirsutes et bruns paissaient avec contentement l'herbe abondante. Pas de bruits, sauf naturels : des brises légères, des bêtes paissant.

Yarrod fut satisfait ; c'était à cela qu'il s'attendait. Il se tourna pour appeler ses compagnons.

Stark, d'une main de fer, lui saisit l'épaule.

— Attendez !

Là où un instant plus tôt il n'y avait eu aucun bruit, il y en avait maintenant une multitude.

— Des hommes. Là... et là.

Tous pouvaient entendre le crissement du cuir des sandales, le cliquetis du métal, les mouvements rapides et furtifs.

— Tout autour de nous, se rapprochant...

Yarrod cria. Les Irnanais, conscients d'être dans un piège, se mirent à courir. Baya trébucha et tomba. Peut-être se coucha-t-elle délibérément. En tout cas, ils l'abandonnèrent. Des voix crièrent des ordres péremptoires. Des pas martelèrent le sol. Les Irnanais fuyaient à travers la prairie, vers la tour où se trouvaient leurs armes. Des flèches sifflèrent dans l'air pur. Deux Irnanais tombèrent, un seul se releva. Ils couraient entre les bêtes qui s'ébrouaient et s'écartaient. Puis Stark vit que les hommes devant l'entrée de la tour n'avaient pas bougé et il sut qu'ils étaient morts.

La prairie était large, large et nue sous le soleil. Une volée de flèches partit de la tour et s'enfonça, frémissante, dans le sol tout autour d'eux.

Yarrod s'immobilisa. Il regarda autour de lui. Pas d'abri ; pas d'espoir. Des hommes émergeaient de la futaie derrière eux, flèches encochées. D'autres hommes sortaient de la tour, écartant les corps à coups de pied. Leur chef était un homme petit et rougeaud. Vêtu d'une tunique rouge sombre, sans armes, il ne portait que la baguette de sa fonction. Halk ne prononça qu'un mot. Un nom, qu'il cracha comme une malédiction.

— Mordach !

Stark avait pris sa décision. Les flèches étaient longues et acérées ; il ne pourrait leur échapper en courant. Lui aussi attendit, immobile, car il ne souhaitait

pas mourir bêtement en cet endroit, sous l'étoile rousse.

— Qui est Mordach ? demanda-t-il.

— Le Premier Héraut d'Irnan, dit Yarrod d'une voix brisée de rage et de désespoir. Quelqu'un a parlé ; quelqu'un nous a trahis.

Les archers formèrent un cercle autour d'eux, cercle que Mordach traversa pour lever les yeux en souriant sur les Irnanais de haute taille.

— Les paisibles chasseurs, dit-il. Sans armes et en étrange costume. Néanmoins, vous avez débusqué un certain gibier.

Son regard se fixa sur Stark qui pensa qu'après tout il aurait peut-être dû risquer les flèches.

— Un outre-mondier, dit Mordach, dans un lieu interdit aux outre-mondiers. Et en compagnie de contrevenants aux lois. Est-ce lui que vous êtes allés chercher ? Quelqu'un qui pourrait prétendre accomplir votre prophétie ?

— Peut-être l'accomplit-il, Mordach, dit Halk avec malveillance. Gelmar l'a cru. Il a tenté de le tuer, sans succès.

« Merci, mon bon ami », pensa Stark, l'appréhension au ventre.

Deux hommes s'approchèrent, soutenant Baya.

— Nous l'avons trouvée dans la futaie. Elle ne semble pas être des leurs.

— Je suis une Errante, dit Baya en s'agenouillant devant Mordach. Au nom des Seigneurs Protecteurs...

Elle brandit l'extrémité de sa laisse.

— Il m'a emmenée de force hors de Skeg.

— Il ?

— Cet homme. L'outre-mondier. Eric John Stark.

— Pourquoi ?

— Parce qu'il a survécu alors qu'il aurait dû mourir.

Tremblante de haine, elle leva les yeux sur Stark.

— Il nous a échappé, il s'est réfugié dans la mer. Vous savez ce que cela signifie et pourtant il est vivant ! Je l'ai vu !

Si elle en avait eu la force et le souffle elle l'aurait hurlé.

— C'est l'Homme Sombre de la prophétie. Tuez-le ! Tuez-le maintenant !

— Allons, allons, dit Mordach distraitement. — Il caressa ses cheveux emmêlés. Les yeux froids et mi-clos, il fixa Stark. — Ainsi... Gelmar lui-même peut se tromper. De toute façon...

— Tuez-le, gémit Baya. Je vous en supplie ! Tout de suite.

— Tuer est chose grave, dit Mordach. Salutaire, aussi. Une mort ne doit pas être gâchée.

Il fit signe à ses hommes.

— Liez-les, très très soigneusement. Particulièrement l'outre-mondier.

Il releva Baya.

— Viens, mon enfant, tu es en sécurité maintenant.

— Mordach, dit Yarrod, qui nous a trahis ?

— Vous vous êtes trahis. Vos préparatifs ont pris du temps, de l'effort. Certains ont été remarqués. Halk et toi êtes parmi les membres les plus actifs du parti de l'Émigration ; les autres sont connus pour être de tes amis. Quand vous êtes tous partis ensemble à la chasse, votre gibier nous a intrigués. Nous vous avons suivis. Arrivés à la tour, il ne nous restait plus qu'à attendre.

Son regard se fixa à nouveau sur Stark.

— Vous l'ameniez à la fille de Gerrith, n'est-ce pas ?

Yarrod ne répondit pas mais Mordach fit un signe de tête affirmatif.

— Bien entendu. Et ils se rencontreront, je te le promets. Ouvertement, afin que tous puissent les voir.

Il s'éloigna avec Baya qui regarda une fois en arrière tandis que les hommes d'armes liaient les captifs avec des liens de cuir. Ils ne furent ni brutaux ni doux, mais très efficaces. Ils étaient d'un type que Stark n'avait pas rencontré auparavant. Leurs cheveux blancs, leurs pommettes très accentuées et leurs yeux bridés et jaunes les faisaient ressembler à des loups. Ils n'étaient certes pas des Errants.

— Les Errants ne sont que de la racaille, bonne à déchirer et à piétiner, dit Yarrod. Les Hérauts des villes-états veulent des mercenaires pour les choses sérieuses. Ils les recrutent le long de la frontière. Ceux-ci viennent d'Izvand, à l'intérieur des Terres Stériles.

Sa tête était courbée sous la honte et le chagrin mais il la releva farouchement lorsqu'un des mercenaires apporta un licou, afin de le recevoir facilement et avec un semblant de fierté.

— Je regrette, dit-il en évitant le regard de Stark.

Ce fut au tour de Stark d'avoir une corde au cou et de marcher derrière dans la poussière tandis que Baya chevauchait.

Et l'Homme Sombre atteignit enfin Irnan.

VII

Une ville grise, aux murailles de pierre, bâtie sur une colline au centre d'une vallée rendue verdoyante par le printemps. Mordach, ses prisonniers, et ses mercenaires avaient parcouru une longue route vers le nord et gravi des montagnes alourdies par la pluie, laissant loin derrière eux l'été tropical. Des champs labourés, des pâturages et des vergers en fleurs entouraient Irnan, guirlande mousseuse rose et blanche, curieusement ternie par l'éclat du Vieux Soleil.

Une route menait à la ville, route au trafic intense : carrioles de ferme, gens allant ou revenant de leur travail dans les champs, menant devant eux des bêtes ; des marchands aux caravanes égayées de clochettes, une troupe de saltimbanques ; une troupe de prostitués des deux sexes dont les bannières éclatantes vantaient les talents ; et l'assortiment bigarré de vagabonds qui semblait omniprésent sur Skaith. La troupe de Mordach tenait le milieu de la route, précédée de quatre hommes d'armes à cheval faisant rythmiquement claquer de courtes lances contre leurs boucliers. On leur ouvrait le passage. Derrière eux, les gens debout au

bord des fossés les contemplaient, les montraient du doigt, chuchotaient. Puis ils se mirent à les suivre.

Deux Hérauts, vêtus de tuniques vertes symbolisant leur rang, émergèrent des portes pour accueillir Mordach, suivis d'un ramassis d'Errants. Quelques minutes plus tard la nouvelle s'était répandue comme un incendie de forêt.

— L'Homme Sombre ! Ils ont pris l'Homme Sombre ! Ils ont pris les traîtres !

D'autres Hérauts parurent, comme s'ils avaient jailli d'entre les pavés. Une foule se rassembla, agglutinée autour de la troupe de Mordach comme un essaim d'abeilles. Les mercenaires serrèrent les rangs ; leurs montures manquèrent de piétiner les captifs ; leurs lances pointèrent de côté, formant une barrière contre les corps envahissants de la foule.

— Restez debout, dit le capitaine des Izvandiens. Si vous tombez, nous ne pourrons rien pour vous.

Ils passèrent sous l'arc de la grande porte. Stark vit que les pierres portaient les marques du temps et que les sculptures étaient à peine visibles. Une créature ailée, une épée entre ses griffes, était accroupie sur le chapiteau, mâchoires féroces ouvertes pour déchirer tout arrivant. Les battants de la porte, gaînés de cuir tanné aussi résistant que du métal, étaient presque à toute épreuve. Il y avait un passage à travers la muraille, un tunnel sombre à la réverbération sonore intense. Puis ils furent sur la place du marché, se frayant un passage à travers les étalages vers une plateforme centrale solidement construite en bois, plus haute que les têtes de la foule qui se pressait. Certains des mercenaires montèrent la garde ; d'autres mirent pied à terre et obligèrent les captifs à gravir rapide-

ment un escalier de quelques marches. Stark pensa que la place du marché était l'endroit ouvert le plus grand de toute la ville et que la plate-forme servait à toutes les réjouissances publiques telles que les exécutions et autres distractions édifiantes.

Il y avait des poteaux permanents, noirs à force d'avoir servi. En quelques instants, Stark, Yarrod et les autres y furent liés. Les mercenaires prirent position sur les bords de la plate-forme, face à la foule. Les deux Hérauts Verts s'éloignèrent ; Mordach les avait apparemment chargés d'une mission. Mordach lui-même harangua la foule. La plupart de son discours fut couvert par des hurlements mais le sens n'en faisait pas de doute. Irnan avait péché et les coupables allaient payer.

Stark se tendit contre les liens de cuir. Ils s'enfoncèrent dans sa chair, sans céder. Le poteau tenait aussi bien qu'un arbre. Il s'y appuya comme il put et contempla le lieu où il allait vraisemblablement mourir.

— Que penses-tu maintenant, Homme Sombre ? questionna Halk. Il était lié au poteau à gauche de Stark ; Yarrod était lié à celui de droite.

— Je pense que nous saurons bientôt si Gerrith avait le Vrai Don.

Et, à nouveau, Stark maudit Gerrith ; mais cette fois sans qu'on l'entende.

La foule augmentait toujours. Les gens arrivaient, il semblait que la place fut archicomble et cependant il en venait toujours davantage. La place du marché était entourée de maisons de pierre, hautes et étroites, tassées les unes contre les autres. Leurs toits pointus

d'ardoise brillaient au soleil. Les fenêtres supérieures étaient remplies de curieux. Bientôt, il y eut des gens agglutinés sur les arbres, les gouttières et le sommet des murailles extérieures.

La foule comportait deux éléments distincts qui le restaient nettement. Aux premiers rangs autour de la plate-forme, hurlant et aboyant, les Errants et autres racailles. Au-delà, très silencieux, se tenaient les habitants d'Irnan.

— Peut-on espérer en eux ? fit Stark.

Yarrod ébaucha un haussement d'épaules.

— Ils ne sont pas tous avec nous. Notre peuple vit ici depuis très longtemps. Ses racines sont profondes. Skaith, en dépit de tous ses défauts, est le seul monde que nous connaissons. Certains trouvent l'idée de le quitter effrayante autant qu'un blasphème et ne lèveront pas le petit doigt pour nous aider. Les autres... je n'en sais rien.

Mordach incitait la foule à être patiente, mais elle clamait sa haine. Un groupe de femmes se fraya un chemin jusqu'à la plate-forme et se mit à gravir les marches. Des cagoules noires masquaient leurs visages ; en dehors de cela elles étaient nues et leur peau ressemblait à de l'écorce d'arbre à force d'avoir été exposée au soleil.

— Donne-nous l'Homme Sombre, Mordach ! Laisse-nous le porter au sommet de la montagne pour nourrir de sa force le Vieux Soleil !

Mordach leva sa baguette pour les arrêter. Il leur parla avec douceur. Stark questionna :

— Qui sont-elles ?

— Elles vivent en sauvages dans les montagnes. Parfois, lorsqu'elles ont trop faim, elles viennent. Elles

vénèrent le soleil, auquel elles sacrifient tout homme qu'elles peuvent capturer. Elles croient qu'elles seules gardent en vie le Vieux Soleil. — Halk rit : Regardez-les, ces gourmandes ! Elles nous voudraient tous.

Des bras comme des branches tordues s'avancèrent, avides.

— Ils mourront, petites sœurs, dit Mordach. Tous nourriront le Vieux Soleil. Vous regarderez et vous chanterez l'Hymne de Vie.

Doucement, il les obligea à reculer. A contrecœur, elles rejoignirent la foule. Au même moment Stark entendit un tumulte devant les portes d'une des maisons surplombant la place. Une procession en émergea, conduite par les Hérauts Verts. Quelques Errants papillonnaient à l'arrière et sur les côtés. Au centre, une douzaine environ d'hommes et de femmes sobrement vêtus, les colliers de leur charge au cou. Ils marchaient curieusement ; à leur approche Stark vit qu'on les avait liés de façon à les obliger à marcher courbés en traînant les pieds comme des pénitents.

Une longue plainte échappa au peuple Irnanais et Yarrod grinça, entre ses dents :

— Nos chefs et nos notables.

Stark crut voir un mouvement parmi les Irnanais et il espéra qu'ils fonceraient au secours de leurs chefs, donnant le signal d'une révolte générale. Mais le mouvement n'eut pas de suite. La procession atteignit les marches et les gravit péniblement sous les quolibets de la populace. Les notables durent se tenir debout sur la plate-forme. Dans une accusation haineuse, Mordach pointa sur eux sa baguette.

— Vous avez commis le mal, cria-t-il d'une voix qui

résonna à travers la place. Maintenant, vous allez expier !

La populace hurla, lança des pierres. Les citoyens d'Irnan étaient mal à l'aise. Ils murmurèrent, mais n'agirent pas.

— Ils ont peur, dit Yarrod. Les Hérauts ont rempli la ville d'Errants, comme vous le voyez. Un mot, et ils détruiront Irnan, pierre à pierre.

— Pourtant, les Irnanais ont l'avantage du nombre.

— Pas notre parti. Et les Hérauts ont des otages. D'un signe de sa tête rousse il désigna les hommes et les femmes courbés sous le soleil.

Maintenant, l'air avait une odeur : le relent chaud, étouffant, effrayant de la foule. Une foule excitée, affamée, avide de sang et de mort. L'homme primitif en Stark ne connaissait que trop bien cette senteur fauve. Les liens entraient dans sa chair, le poteau était dur contre son dos. L'étoile rousse le baignait d'un éclat cuivré ; il était trempé de sueur.

Quelqu'un hurla :

— Où est la Femme Sage ?

D'autres voix reprirent le cri, le clamant entre les murs gris.

— Où est la Femme Sage ? Où est Gerrith ?

Mordach les calma.

— On est allé la chercher. Elle ne va pas tarder.

Yarrod maudit Mordach.

— Tu vas l'assassiner comme tu as assassiné sa mère ?

Mordach sourit :

— Attends, dit-il.

Ils attendirent. La foule s'impatientait. Des groupes pillèrent les étalages, jetant fruits et légumes, fracas-

sant les étalages eux-mêmes pour en faire des matraques. On but du vin, on échangea des drogues. Stark se demanda combien de temps Mordach serait encore maître de la populace.

Puis la clameur arriva des portes.

— Gerrith la Sage arrive !

Un calme d'expectative s'installa sur la place du marché. Des centaines de têtes se tournèrent. Et ce fut comme si tous les Irnanais, après une inspiration profonde, retenaient leur souffle.

Des hommes d'armes parurent, frayant un passage. Derrière eux une carriole de ferme, salie par les travaux des champs, suivie par d'autres hommes d'armes.

A l'intérieur de la carriole se trouvaient deux Hérauts. Se tenant d'une main aux bords de la carriole ils maintenaient de l'autre le corps élancé de la femme debout entre eux.

VIII

Elle était tout en noir, couverte d'un grand voile qui l'enveloppait de la tête aux pieds ; un vêtement-linceul, dissimulant tout d'elle sauf sa taille. Sur sa tête, encerclant le voile, un diadème couleur de vieil ivoire.

— La Robe et la Couronne du Destin, dit Yarrod, et les Irnanais exhalèrent leur souffle retenu dans une protestation sauvage et plaintive.

La populace la noya sous sa clameur haineuse.

Hommes d'armes et carriole traversèrent la place, s'arrêtèrent devant les marches de la plate-forme. On obligea la femme à sortir, à monter les marches. Le diadème parut d'abord. Il semblait très ancien, très fragile. Il était orné d'un cercle de petits crânes grimaçants. Puis des draperies sombres ondulèrent et Gerrith la Femme Sage d'Irnan, encadrée par les Hérauts, se tint devant Mordach.

Stark ne pouvait en être sûr à cause du voile, mais il pensa que c'était lui que Gerrith regardait, et non Mordach.

Mais c'est à Mordach qu'elle parla, d'une voix claire, harmonieuse et forte, sans l'ombre de crainte :

— Voilà un acte malavisé, Mordach.

— Tu crois ? Nous allons le savoir. — Il se détourna, s'adressant au-dessus des têtes de ses Errants, aux citoyens d'Irnan. Sa voix porta jusqu'aux murailles : Vous, gens d'Irnan ! Regardez et apprenez ! — Il se retourna vers Gerrith, pointa sa baguette vers Stark. — Qui vois-tu là, fille de Gerrith ?

— Je vois l'Homme Sombre.

— L'Homme Sombre de la prophétie de ta mère ?

— Oui.

« Que pouvait-elle dire d'autre ? » pensa Stark.

— L'Homme Sombre lié, impuissant, attendant la mort.

Mordach rit. Il riait souvent comme s'il trouvait ces humains déraisonnables réellement amusants.

— Il ne détruira rien. Te rétractes-tu, femme ? Reconnais-tu le mensonge ?

— Non.

— Alors tu n'es pas plus sage que ta mère et ta Double Vue est aussi fausse. M'entendez-vous, Irnanais ?

A nouveau, ses paroles portèrent loin et là où on les entendit mal d'autres voix les répétèrent. Elles déferlèrent comme des vagues contre les murailles, jusqu'aux fenêtres et aux toits.

— Votre prophétie est fausse, votre Femme Sage est une menteuse, votre Homme Sombre un imposteur !

D'un geste, il arracha le voile et la couronne de Gerrith.

Stupeur, surprise, choc, outrage ! Par-delà les cris de joie de la foule Stark entendait ces autres réactions. Halk, Yarrod et les autres Irnanais sur la plate-forme firent instinctivement le geste futile de vouloir tuer Mordach.

Seule Gerrith resta calme, comme si elle s'était

attendue à cela. Et elle devait s'y attendre, songea Stark, à moins que les Femmes Sages d'Irnan n'aient coutume d'être nues sous le voile des cérémonies. Car nue elle l'était, haute statue de bronze clair brillant sous le soleil. Une épaisse natte mordorée pendait sur son dos. Son corps était fort, droit, fier, sous la lubricité de la foule. La nudité était courante sur Skaith, donc nullement remarquable. Ceci, c'était autre chose. Mordach, n'avait pas fait que dénuder son corps, il voulait dénuder son âme.

Il jeta le voile noir à la foule qui le mit en lambeaux. Il écrasa du pied le diadème et repoussa avec mépris les fragiles débris jaunis.

— Voilà ta robe et ta couronne, dit-il. Nous n'aurons plus de Femmes Sages à Irnan.

A ceci aussi elle s'était attendue. Mais son regard avait une froideur éclatante et terrible.

— Et tu n'auras plus d'Irnan à piller, Mordach.

Son ton était prophétique et si définitif que Stark frissonna.

— La Couronne nous est venue depuis l'antique Irnan, durant toute la Grande Errance et les siècles de reconstruction. Maintenant, tu l'as détruite et l'histoire d'Irnan est achevée.

Mordach haussa les épaules et ordonna :

— Liez-la.

Mais avant que les hommes d'armes ne l'approchent elle se tourna, leva les bras et cria de sa voix merveilleuse et claire.

— Irnan n'est plus. Allez bâtir une cité nouvelle dans un monde nouveau.

Puis elle se laissa lier et Mordach ironisa :

— Ne partez pas tout de suite, Irnanais ! Restez un peu afin de voir mourir l'Homme Sombre.

La populace hurla de rire.

— Restez ! Ne nous quittez pas si vite ! Attendez au moins qu les vaisseaux arrivent !

Yarrod, lié à son poteau, rejeta la tête en arrière et poussa un cri rauque et sauvage.

— En avant, chiens ! Jetez-vous sur eux ! Où est votre courage, votre fierté d'hommes, votre...

La folie était en lui, la folie qui fait des morts et des héros. Mordach leva la main. Un des Izvandiens s'avança et enfonça impassiblement sa courte lance dans la poitrine de Yarrod. Un coup propre et miséricordieux, pensa Stark, qui était sûr que Mordach eut préféré pour Yarrod quelque chose de plus prolongé. Yarrod se tut et s'affaissa contre le poteau.

— Déliez-le, dit Mordach. Jetez son corps à la foule.

Les femmes à la peau tannée entamèrent une psalmodie stridente, bras levés vers le soleil.

La tête rousse de Yarrod, telle une comète, marqua son passage. Stark préféra ne pas voir la suite, bien qu'il ne pût échapper aux sons. Il leva son regard sur les murailles d'Irnan, les fenêtres et les toits, tout en ayant conscience que Gerrith était maintenant liée au poteau que Yarrod avait quitté.

Chose étonnante, à son autre côté, Halk s'était mis à pleurer.

Mordach et les autres Hérauts contemplaient leurs ouailles avec indulgence. Ils parlaient entre eux, préparant l'acte suivant, le grand moment dramatique de leur démonstration sur la futilité de la rébellion. A l'arrière-plan, de nombreux Irnanais partaient. Leurs

capes couvraient leurs têtes, comme s'ils ne pouvaient en supporter davantage. Ils se perdirent dans les rues étroites entourant la place.

Gerrith parla :

— Ainsi, ils nous quittent.

Stark se tourna vers elle. Elle le regardait. Ses yeux étaient d'un bronze doré et chaud ; des yeux très francs, tristes mais calmes.

— Il semble que Mordach ait raison, que la prophétie de Gerrith soit née de ses propres désirs et ne soit pas la Vraie Vision. Vous mourrez donc en vain et c'est grande pitié.

La natte mordorée avait passé par-dessus son épaule et son extrémité brillait maintenant entre ses seins.

— Grande pitié !...

Elle le regarda, notant sa taille, sa force, la structure de son visage, la forme de sa bouche, l'expression de ses yeux.

— Je regrette. Pourquoi êtes-vous venu ici ?

— Pour retrouver Ashton.

Elle parut stupéfaite.

— Mais...

— Mais c'est ce qu'a dit Gerrith, n'est-ce pas ? Donc peut-être qu'après tout...

Elle allait parler mais il lui fit signe de se taire. Les Hérauts conversaient toujours. Les hommes avaient repris leurs positions. Ils regardaient avec mépris la foule hurlante occupée à son déchiquetage bestial. Stark regarda les fenêtres à nouveau. L'imaginait-il ? Elles n'étaient plus remplies de spectateurs. Elles étaient vides et des volets étaient tirés mais non clos, comme pour cacher ce qui se passait dans les chambres et cependant permettre de voir la place du mar-

ché. Il y avait moins de gens sur les toits et des mouvements furtifs se discernaient derrière des tourelles et des cheminées. Stark respira profondément et s'accorda une parcelle d'espoir.

Si cela arrivait... il fallait être prêt.

Mordach vint se planter devant lui.

— Eh bien, dit-il, comment va mourir l'Homme Sombre ? Dois-je le donner aux Petites Sœurs du Soleil ? Laisserai-je mes Errants jouer avec lui ? Ou le ferai-je écorcher ? — La pointe de sa baguette traça des lignes sur la peau de Stark. — Lentement, bien entendu. Un lambeau à la fois. Oui. Et qui écorchera notre Homme Sombre ? Les Izvandiens ? Non, cela ne les regarde pas. — Il regarda les notables Irnanais, courbés dans leurs fers. — Cela *les* regarde ! C'est *eux* qui ont voulu déserter, renier leurs devoirs envers leur prochain. C'est *eux* qui ont commis les fautes d'égoïsme et de rapacité. L'Homme Sombre est leur symbole. C'est *eux* qui l'écorcheront !

La foule jubila.

Mordach prit un poignard à sa ceinture et le donna à un notable à la barbe grise. Le vieillard fixa Mordach avec dégoût et laissa tomber le poignard.

Mordach sourit.

— Tu ignores l'alternative, vieil homme. Le choix est simple. Un lambeau de sa peau... ou ta vie.

— Alors, dit le vieillard, je mourrai.

— A ta guise, dit Mordach.

Il se tourna vers l'homme d'armes le plus proche, main levée, bouche ouverte pour parler.

Stark entendit l'impact de la flèche dans la chair, vit la pointe empennée sortir de la poitrine de Mordach comme si elle venait d'y fleurir. Mordach aspira de

l'air : un cri inversé. Il leva les yeux, vit toutes les fenêtres aux volets clos s'ouvrir, vit les archers dans les embrasures, les flèches tomber en pluie sifflante. Puis il tomba à genoux et regarda s'écrouler les Izvandiens et ses Hérauts Verts. Ensuite il tourna son visage vers Stark et Gerrith, un visage marqué d'un doute horrible. Stark se réjouit que Mordach eut emporté ce doute dans ses ténèbres.

En son temps, le vieillard avait guerroyé. Il effleura du pied le cadavre de Mordach et dit, farouchement :

— Il y a peut-être de l'espoir, malgré tout.

D'autres archers parurent ; sur les toits, sur les murailles. Maintenant ils tiraient sur la foule. Il y eut une tempête de cris affolés, des vagues de panique. Le spectacle avait cessé d'être amusant.

Stark vit une troupe de mercenaires arriver de la porte. En même temps, venant des rues de côté, les citoyens d'Irnan affluèrent sur la place, armés de tout ce qu'ils avaient pu trouver. Parmi eux, un groupe bien armé, aux rangs serrés. Ces hommes se frayèrent un chemin implacable à travers la populace. Leur but était la plate-forme ; ils l'atteignirent. Quelques-uns gardèrent les marches. Les autres firent descendre les notables et tranchèrent les liens des captifs. Stark et les compagnons survivants de Yarrod prirent des armes aux Izvandiens morts. Ils descendirent les marches, entourèrent Gerrith et les notables, se préparèrent à livrer bataille pour passer.

Insoucieux des épées quelques Errants fanatisés par la haine et les drogues se jetèrent sur le groupe. Les Irnanais crièrent :

— Yarrod ! Yarrod ! et s'ouvrirent un passage san-

glant à travers la place au rythme de leur chant sauvage et amer.

Ils entrèrent dans une rue étroite entre des maisons de pierres grises bâties au cours des siècles puis transformées, de sorte qu'elles se rejoignaient par endroits au-dessus de la rue, formant comme un tunnel. La rue était tranquille. Ils se hâtaient autant que le permettait l'âge des notables. Bientôt ils franchirent une porte, pénétrèrent dans une grande salle décorée d'étendards, meublée d'une table immense et d'une rangée de chaises massives. Quelques hommes s'y trouvaient déjà. Ils aidèrent les notables à s'asseoir. Un homme cria :

— Armurier ! Viens ôter ces fers !

Quelqu'un avait couvert Gerrith d'une cape. Debout à côté de Stark, elle se tourna vers lui avec un regard de visionnaire.

— Maintenant, dit-elle, en vérité je crois.

IX

Halk parla. Ses yeux étaient rougis de rage et de larmes mais sa bouche sourit ; un sourire avide de vengeance.

— Ils n'ont pas besoin de nous ici, Homme Sombre. Viens-tu ?

Gerrith acquiesça :

— Va, si tu le veux, Stark. Ta destinée n'est point à Irnan.

Il se demanda si elle savait en quel lieu se trouvait cette destinée, et retourna dans les rues avec Halk. De petits groupes de citoyens traquaient les Errants comme des lapins dans les ruelles étroites. De toute évidence les Irnanais étaient maîtres de la situation. Place du marché, des archers prenaient position autour de la porte de la ville. Des dizaines d'Errants hurlaient et se piétinaient, se battant pour fuir la cité. Stark ne vit pas d'Izvandiens. Il pensa que leur employeur étant mort ils s'étaient retirés dans leur caserne sans se préoccuper d'un combat qui ne les concernait pas. Les femmes-arbres s'étaient réfugiées sous la plate-forme, apparemment davantage pour échapper aux pressions de la foule que par crainte.

Extasiées, elles chantaient et nourrissaient le Vieux Soleil. Aujourd'hui l'étoile rousse faisait ripaille.

Il ne restait pas grand-chose à faire. Quelques poches de résistance, quelques attardés à neutraliser ; mais la bataille était gagnée. En fait, elle avait été gagnée au premier envol de flèches. Le corps de Mordach gisait toujours sur la plate-forme. Le petit homme avait été trop loin. Les gens dont Yarrod croyait qu'ils ne lèveraient pas la main pour les sauver avaient agi pour sauver leurs notables, leur Femme Sage et pour se laver de la honte que Mordach leur avait infligée.

Stark laissa Halk continuer seul à venger Yarrod. On n'avait pas besoin de lui ailleurs ; il rengaina son épée et gravit les marches de la plate-forme. Au milieu des cadavres il trouva les fragments de vieil ivoire là où Mordach avait piétiné la couronne. Un seul des petits crânes était intact, ricanant comme s'il savourait le sang qui le tachait. Stark le ramassa et descendit. Les voix des femmes-arbres perçaient les tympans. Souhaitant ne jamais en rencontrer une horde aboyant au sommet de leurs montagnes, il regagna la Maison de Ville.

Des messagers s'affairaient, des gens allaient et venaient, un sentiment d'urgence régnait. Ne voyant pas Gerrith, Stark cacha le petit crâne sous sa tunique en lambeaux. Il se demandait ce qu'il allait faire lorsqu'un homme s'approcha et dit :

— Jerann demande que vous veniez avec moi.

— Jerann ?

L'homme montra le vieillard à la barbe grise.

— Le Chef de notre Conseil. Je dois veiller à votre confort.

Stark remercia l'homme et le suivit. Un corridor et

un escalier en spirale les menèrent à un autre corridor et à une chambre aux fenêtres étroites percées dans l'épaisseur des murs de pierre. Un feu flambait dans la cheminée. Il y avait un lit, un coffre, un banc. Lourds et faits avec soin. Au sol, un tapis de grosse laine. Donnant dans la chambre, une salle de bains avec une petite baignoire de pierre en haut de trois marches. Des serviteurs attendaient, armés de seaux d'eau bouillante et de serviettes grossières. Stark s'abandonna à leurs soins avec reconnaissance.

Une heure plus tard, lavé, rasé et vêtu d'une tunique propre il terminait un solide repas lorsque l'homme revint lui dire que Jerann l'attendait dans la salle du Conseil.

Libéré de ses fers Jerann était grand, droit, d'allure guerrière. Il avait toujours son expression de farouche fierté ; mais il n'avait pas d'illusions.

— Le sort en est jeté, dit-il. Nous ne pouvons plus qu'aller là où nous mène notre destin et c'est peut-être vers un lieu que nous ne souhaitons pas voir. Ce qui est fait est fait. Nous nous mettrons en marche.

Il fixa sur Stark un long regard inquisiteur. Tous les membres du Conseil en faisaient autant. Stark devina leur pensée. Pourquoi un outre-mondier ? Pourquoi a-t-il apporté cette extraordinaire rupture soudaine avec toute notre histoire, nos coutumes, les lois que nous avons endurées ? Que nous apporte-t-il vraiment... la liberté et une vie nouvelle ou la mort et l'anéantissement total ?

Stark ne pouvait leur répondre. La prophétie disait seulement qu'il détruirait les Seigneurs Protecteurs. Elle ne révélait pas le résultat de cette action.

— Eric John Stark, Terrien, dis-nous comment tu es venu à Skaith et à Irnan et pourquoi.

Stark savait parfaitement que Jerann avait déjà entendu son histoire mais il la répéta ; soigneusement et en détail. Il leur parla d'Ashton, de Pax et de la position du ministère des Affaires planétaires au sujet de l'émigration.

— Je vois, dit Jerann. Il semble donc que nous devions croire en des Hommes Sombres et des prophéties et suivre notre route avec un espoir aveugle.

— Et les autres villes-états ? questionna Stark. Elles doivent être à peu près dans la même situation qu'Irnan. Ne se soulèveront-elles pas pour venir à votre aide ?

— Je ne sais pas. Nous tâcherons naturellement de les en persuader. Mais je pense que la plupart attendront de savoir.

— De savoir quoi ?

— Si la prophétie est exacte.

Jerann se tourna vers un de ses assistants.

— Qu'on m'amène l'Izvandien.

L'homme s'éloigna rapidement et Jerann dit à Stark :

— Nous devons tous le savoir, aussi rapidement que possible.

Il y eut une attente, un malaise ; un silence gêné, cerné par les sons triomphants venant des rues. Les membres du Conseil étaient las et tendus. L'énormité de la décision qu'Irnan avait prise en ce jour devait lourdement peser sur eux.

Un petit groupe entra ; au centre, un guerrier élancé aux cheveux de neige. Stark remarqua l'or qui ornait son harnais, sa torque, ses bracelets. Un chef ; sans

doute le commandant des mercenaires. On le conduisit jusqu'à la table du Conseil. Impassible, il se tint devant Jerann.

Froidement, Jerann dit :

— Je te salue, Kazimni.

L'Izvandien répondit :

— Je te vois, Jerann.

Jerann prit sur la table un sac petit et lourd.

— Voici l'or qui t'est dû.

— Ainsi qu'à mes morts ? Il y a des familles.

— Ainsi qu'à tes morts.

Jerann soupesa le sac.

— Et, en plus, la moitié de ce qui t'était dû.

— Si tu veux nous acheter pour que nous quittions Irnan, dit Kazimni avec mépris, garde ton or. Nous n'avons plus rien à faire ici.

Jerann fit un signe de dénégation.

— Non. Cet or est pour payer tes services.

Kazimni haussa un sourcil insolent et pâle.

— Oh ?

— Quelques-uns des nôtres, peu nombreux, se rendent dans les Terres Stériles. Nous voulons que tu les escortes jusqu'à Izvand.

Kazimni ne daigna pas demander pourquoi des Irnanais se rendaient dans les Terres Stériles. Cela ne le regardait pas.

— Bien, dit-il. Donne-nous la permission d'enterrer nos morts et de nous préparer au voyage. Nous partirons au lever du Vieux Soleil. — Il ajouta : Avec nos armes.

— Avec vos armes, dit Jerann. — Il donna l'or à Kazimni et s'adressa à l'escorte irnanaise : Vous avez

entendu. Laissez-les enterrer leurs morts et donnez-leur toutes les provisions nécessaires.

— Mieux vaudrait leur donner la mort, murmura un des Irnanais.

Cependant, docilement, ils emmenèrent Kazimni.

— Pourquoi Izvand ? demanda Stark.

— Parce qu'elle est d'autant plus près de la Citadelle et que sur cette distance tu auras la protection d'une escorte. De là, tu devras agir à ta guise. Je t'avertis... ne sous-estime pas les dangers.

— Où est cette Citadelle, exactement ? Où est le Cœur-du-Monde ?

— Je puis te dire où la tradition les place. La vérité, tu devras l'apprendre par toi-même.

— Les Hérauts le savent.

— Oui. Mais il n'y a plus de Hérauts en vie à Irnan.

— Où est Gerrith ?

— Elle est retournée à sa propre demeure.

— Est-ce sage ? La campagne doit regorger d'Errants.

— Elle est bien gardée, dit Jerann. Tu la verras demain matin. Va prendre du repos. Tu as fait une longue route jusqu'ici et celle de demain sera encore plus longue.

Toute la nuit, entre des périodes de sommeil, Stark entendit les voix ardentes de la cité se préparant à la guerre. La révolte était bien commencée. Et ce n'était qu'un début. Une planète entière devait être bouleversée afin que deux hommes, d'outre-monde de surcroît, puissent s'en échapper. C'était l'ordre qu'il avait reçu sans l'avoir sollicité et il ne voyait pas d'autre issue.

Enfin, pensa-t-il, prévoir l'avenir était du ressort de Gerrith et il lui laisserait cette tâche. Il dormit. Au petit

jour il se leva, s'habilla ; lorsqu'un homme vint le réveiller, il attendait patiemment.

Jerann était en bas, dans la salle du Conseil. Stark pensa qu'il y avait passé la nuit. Halk, Breca et deux autres membres du groupe de Yarrod étaient également présents.

— Je regrette, dit le vieil homme, qu'Irnan ne puisse t'accorder les hommes que tu devrais avoir avec toi. Mais nous en avons besoin ici.

Halk dit :

— Nous devrons compter sur notre rapidité et nous dissimuler de notre mieux. Avec l'Homme Sombre pour nous guider, comment échouerions-nous ?

Stark aurait préféré partir seul ; il garda le silence. On apporta des aliments et une bière forte et amère. Lorsqu'ils eurent mangé Jerann se leva et dit :

— Il est temps. J'irai avec vous jusqu'à la grotte de Celle-qui-Voit.

La place du marché était étrangement calme sous les premières lueurs froides de l'aube. On avait enlevé quelques-uns des corps. D'autres, en piles rigides, attendaient les charrettes. Les femmes-arbres étaient parties. Des sentinelles veillaient sur les murailles et aux tours de garde de la porte.

Une soixantaine d'Izvandiens étaient en selle. L'haleine des hommes et des montures soufflait de la vapeur dans l'air froid. Des montures attendaient Stark et ses compagnons, qui se tinrent derrière les Izvandiens. Kazimni, au passage, les salua brièvement.

Le Vieux Soleil se leva, les portes s'ouvrirent en grinçant, la cavalcade sortit.

La route, si bruyante et populeuse la veille, était maintenant déserte, à part des cadavres. Certains

Errants n'avaient pas couru assez vite. La brume matinale épaisse et blanche planait au-dessus des champs ; l'odeur fraîche et propre de la végétation parfumait l'air. Stark inspira profondément et s'aperçut que Jerann l'observait.

— Tu es heureux de quitter la ville. Tu n'aimes pas les murs.

Stark rit.

— Je ne pensais pas que c'était si évident.

— Je ne connais pas les Terriens, dit poliment Jerann. Sont-ils tous comme toi ?

— Pour eux, je suis aussi étrange que pour toi. — Le regard amusé de Stark avait une lueur cruelle.

— Peut-être même plus étrange.

Le vieil homme acquiesça.

— Gerrith a dit...

— Un loup solitaire, un homme sans terre et sans tribu. J'ai été élevé par des animaux, Jerann. Voilà pourquoi j'en parais un. — Il regarda vers le nord.

— Des Terriens les ont tous tués. Sans Ashton, ils m'auraient tué aussi.

Jerann regarda le visage de Stark et frissonna légèrement. Il garda le silence jusqu'à ce qu'ils atteignent, sur l'autre versant de la vallée, la grotte de la Femme Sage.

X

Seuls Stark et Jerann s'arrêtèrent ; la cavalcade poursuivit son chemin à une allure mesurée qui couvrait beaucoup de terrain sans fatiguer les bêtes. Stark la rattraperait aisément. Il mit pied à terre et suivit Jerann sur un sentier escarpé qui sinuait à travers un bois sombre et touffu. Finalement ils atteignirent une colline où le rocher nu émergeait, formant des colonnes grossières de chaque côté d'une grotte. Des hommes de garde assis devant un feu se levèrent pour parler à Jerann. La Femme Sage était chez elle, saine et sauve.

A l'intérieur de la caverne, une première salle ; Stark supposa qu'ici les gens devaient attendre que l'oracle parlât. A l'extrémité, de lourds rideaux pourpres, brodés en noir de symboles solennels, qui semblaient avoir appartenu à de nombreuses Gerrith. Une pièce sans gaieté, froide, avec l'odeur poussiéreuse et macabre des lieux à jamais interdits au soleil.

Une vieille femme de haute taille entrebâilla les rideaux et leur fit signe d'entrer. Elle était vêtue d'une longue robe grise. Son visage osseux était sévère. Elle

fixa Stark avec un regard acéré qui semblait fouiller sous sa chair et ses muscles.

— Ma vieille maîtresse est morte à cause de toi, dit-elle, j'espère que ce n'était pas en vain.

— Je l'espère aussi, dit Stark en passant dans la pièce suivante.

Celle-ci était moins sinistre. Des tapis et des draperies réchauffaient la pierre ; des lampes percées dispensaient de la lumière et un brasero de la chaleur. Mais c'était néanmoins une grotte et Gerrith y semblait étrangère. Sa jeunesse, sa peau dorée, étaient faites pour le soleil.

Elle était assise sur une chaise massive devant une lourde table sur laquelle se trouvait une coupe d'argent remplie d'eau claire.

— L'Eau de la Vision, dit-elle avec un signe de dénégation. Elle ne m'a rien appris.

Ses yeux étaient cernés, ses traits tirés, comme si elle avait passé la nuit devant la coupe d'argent.

— Je n'ai jamais eu le don de ma mère. Je ne l'ai jamais voulu, bien qu'elle m'ait dit qu'il me viendrait à son heure, que je le veuille ou non. Mon propre don est insignifiant et je ne puis le commander. C'est pire que de ne pas en avoir du tout. Avant, je me servais de la Couronne ; je crois que le savoir de ma mère et celui de toutes les autres Gerrith depuis des siècles et des siècles — ce nom est une tradition chez nous, Stark — vivait en elle et parlait à travers elle. Il n'y a plus de Couronne, et ainsi que Mordach l'a dit, plus de Femme Sage à Irnan.

Stark prit dans sa ceinture un objet enveloppé dans un bout de tissu et le lui tendit.

— C'est tout ce qui restait.

Elle défit le paquet. Le petit crâne jaune la regarda en ricanant. L'expression de Gerrith changea.

— C'est suffisant, dit-elle.

Elle se pencha au-dessus de la coupe, le crâne entre ses mains. L'eau ondoya comme sous une brise soudaine puis redevint lisse.

Silencieux, Stark et Jerann attendaient. Il sembla à Stark que l'eau claire devint rouge, épaisse, et que des formes s'y mouvaient ; des formes qui firent tressaillir Stark ; un son léger s'échappa de sa gorge.

Saisie, Gerrith leva les yeux.

— Tu as vu ?

— Pas vraiment.

L'eau était redevenue claire.

— Que sont-ils ?

— Quoi qu'ils soient, ils sont entre toi et la Citadelle. — Elle se leva. — Et je dois t'accompagner.

— Voyons, Dame ! protesta Jerann. Tu ne peux quitter Irnan maintenant !

— Ma tâche à Irnan est terminée. Je vous l'ai dit. Et l'Eau de Vision m'a montré mon chemin.

— T'en a-t-elle montré la fin ?

— Non. Vous devez trouver votre propre force et votre propre foi. Toi, Jerann, n'as jamais manqué de l'une ou de l'autre. — Elle lui sourit avec une affection sincère. — Retourne vers ton peuple et si tu en as le temps prie parfois pour nous. — Elle se tourna vers Stark, moqueuse. — Ne sois pas si accablé, Homme Sombre. Je ne te chargerai pas de coupes, de braseros et de trépieds. Rien que de ceci. — Elle plaça le petit crâne dans une aumônière à sa ceinture. — Je chevauche et tire aussi bien que quiconque.

Elle appela la vieille femme et disparut dans une autre pièce, derrière les draperies.

Jerann regarda Stark. Il n'y avait rien à dire. Ils échangèrent un bref salut. Jerann partit. Stark attendit en contemplant hargneusement l'eau placide dans la coupe d'argent et en maudissant les Femmes Sages. Quoi qu'il eût aperçu dans l'eau, il eut de beaucoup préféré ne le voir qu'à son heure.

Bientôt Gerrith revint, en tunique et cape de cavalier. Elle sortit avec Stark de la grotte ; ils descendirent le sentier escarpé tandis que la vieille femme, de l'entrée de la grotte, les observait avec des yeux d'acier froid. Stark fut soulagé lorsque les arbres les dissimulèrent à sa vue. Au pied du sentier un vieil homme aux membres noueux avait amené la monture de Gerrith. Un sac de provisions était attaché à la selle. Gerrith le remercia, lui dit adieu et ils se mirent en route.

Ils rejoignirent l'expédition vers midi, lorsque le Vieux Soleil jetait des ombres rousses sous le ventre des montures. Halk haussa les épaules en voyant Gerrith.

— Tous les spectres seront avec nous maintenant, dit-il et sa bouche se tordait en une sorte de sourire. Au moins nous voyons que la Femme Sage se fie assez à la prophétie de sa mère pour affronter le danger.

Ils avancèrent à une allure régulière vers les Terres Stériles, guidés par le Flambeau du Nord.

Tout d'abord la route passa entre des montagnes. Il y avait des tours de garde écroulées sur les crêtes et des villages fortifiés en ruine s'accrochaient aux falaises comme des nids de guêpes. Cependant, les montagnes étaient encore habitées. Durant trois jours une bande d'êtres très hirsutes les suivit, avançant sur leurs pistes

secrètes parallèles à la route. Ils avaient des armes primitives et couraient d'une façon curieuse, penchés en avant à partir de la taille.

— Une des Bandes Sauvages, dit Gerrith. Elles n'ont aucune loi sauf celle de survivre. Elles viennent parfois même jusqu'à Irnan. Les Hérauts les haïssent car elles tuent les Hérauts et les Errants aussi facilement qu'elles nous tuent.

L'escorte izvandienne était trop forte pour être attaquée et il n'y avait pas de retardataires. La nuit, au-delà des maigres feux de camp, Stark entendaiit des froissements furtifs. Plusieurs fois les sentinelles izvandiennes tirèrent des flèches sur des choses rampant vers elles. Un des intrus fut tué. Stark regarda le corps à la lueur du matin et plissa le nez.

— Pourquoi veulent-ils survivre ? fit-il, stupéfait.

Halk dit :

— La vermine le quitte. Recule.

Ils laissèrent le tas d'os sans sépulture sur la terre pierreuse.

Les montagnes diminuèrent, devinrent des collines couvertes d'une végétation courte et sombre. Au-delà, la terre devenait plate jusqu'à l'horizon, une immensité sans arbres, blanche et gris-vert, une terre spongieuse parsemée d'un million d'étangs glacés. Le vent soufflait fort, parfois plus fort encore. Le Vieux Soleil devenait plus faible de jour en jour. Les Irnaniens, stoïques, chevauchaient sans se plaindre dans le froid, enveloppés dans des capes couvertes de givre. les Izvandiens étaient à l'aise, heureux. Cette terre était la leur.

Stark chevauchait souvent aux côtés de Kazimni.

— Au temps où le Vieux Soleil était jeune, disait Kazimni avant de raconter une des mille légendes qu'il

semblait connaître par cœur. Toutes vantaient la chaleur, la richesse, la prospérité du pays. En ce temps-là les hommes étaient des géants, les femmes incroyablement belles et faciles. Les guerriers avaient des armes magiques qui tuaient de loin ; les pêcheurs avaient des vaisseaux magiques qui sillonnaient le ciel. Maintenant, achevait-il, la terre est comme tu la vois. Nous, nous survivons. Nous sommes forts. Nous sommes heureux.

— Parfait, dit un jour Stark. Je vous félicite. Et où se trouve le lieu appelé le Cœur-du-Monde ?

Kazimni haussa les épaules :

— Au nord.

— C'est tout ce que tu sais ?

— Oui. Si l'endroit existe.

— On dirait que tu ne crois pas aux Seigneurs Protecteurs.

Le visage oriental de Kazimni exprima un dédain aristocratique.

— Nous n'avons pas besoin d'eux. Peu importe que nous y croyions ou non.

— Mais vous vendez vos épées aux Hérauts.

— L'or est l'or. Les Hérauts en ont davantage que d'autres. Nous n'avons pas à les aimer, ni à adopter leur religion. Nous sommes des hommes libres. Tous les peuples des Terres Stériles sont libres. Nous ne sommes pas tous bons. Certains font commerce avec les Hérauts, d'autres pas. Certains commercent avec les villes-états. Certains commercent entre eux. D'autres ne commercent pas du tout mais vivent de rapines. Quelques-uns sont fous. Vraiment fous. Mais tous sont libres. Il n'y a pas d'Errants ici et nous pouvons nous défendre. Les Hérauts ne trouvèrent rien à nous voler. Ils nous ont laissés tranquilles.

— Je vois, sit Stark. Il garda le silence puis dit :

— Quelque chose vit près de Cœur-du-Monde. Quelque chose qui n'est pas humain et pourtant pas tout à fait animal.

Les yeux jaunes et bridés de Kazimni lui jetèrent un regard de côté.

— Comment sais-tu cela ?

— Le vent me l'a peut.-tre chuchoté.

— Ou peut-être la Femme qui Voit.

— Que sont-ils, Kazimni ?

— Nous parlons beaucoup, nous autres des Terres Stériles. Nous racontons des histoires au long des nuits d'hiver. Quand notre gorge est sèche nous la mouillons de khamm et nous recommençons à parler.

— Que sont-ils ?

— Les nomades Harsenyi nous apportent des contes, tout comme les marchands des terres sombres. Parfois ils passent l'hiver avec nous à Izvand et ce sont là de bons hivers. — Il prit un temps. — J'ai entendu parler de Chiens du Nord.

Stark répéta :

— Des Chiens du Nord.

Le nom lui parut grave et lourd.

— Je ne peux te dire si les histoires sont vraies. Les hommes mentent sans le vouloir. Ils parlent comme s'ils avaient été témoins d'une chose arrivée à un inconnu qu'ils ont apprise de sixième ou de septième main. Pour les Harsenyi et pour certains des marchands, les Chiens du Nord sont une sorte de démon. Des monstres qui sortent du brouillard de neige pour faire des choses terribles. On dit que les Seigneurs Protecteurs les ont créés il y a longtemps afin de garder

leur Citadelle. On dit qu'ils la gardent toujours et malheur au voyageur qui s'égarerait dans leur domaine.

Ses cheveux se dressèrent sur la nuque de Stark rien qu'au souvenir des formes qu'il avait aperçues dans l'Eau de Vision.

— Je pense qu'on peut croire aux Chiens du Nord, Kazimni.

Il changea de sujet.

— Est-ce parce qu'il est libre que ton peuple se contente de la vie dans les Terres Stériles ?

— N'est-ce pas suffisant ? — D'un menton dédaigneux Kazimni désigna les Irnanais. — Si nous vivions mollement comme eux nous serions, comme eux, des esclaves.

Cela, Stark le comprenait.

— Tu dois savoir ce qui a motivé les troubles d'Irnan.

— Oui. Des troubles profitables. Dès que nous nous serons reposés et aurons vu nos femmes nous retournerons à la frontière. On aura besoin de guerriers.

— Sans doute. Mais que penserait votre peuple d'émigrer ?

— Sur un autre monde ? — Kazimni secoua la tête. — La terre nous modèle, elle fait de nous ce que nous sommes. Dans un autre lieu, nous serions un autre peuple. Non. Le Vieux Soleil nous éclairera encore quelque temps. Et la vie dans les Terres Stériles n'est pas si pénible. Tu verras cela lorsque nous serons arrivés à Izvand.

La route sinuait autour des étangs glacés. Il y avait d'autres voyageurs, quoique moins que dans la Ceinture Fertile. Ils étaient d'une autre race ; plus bruns, plus durs que les épaves des routes du sud. On com-

merçait beaucoup sur la frontière ; des troupeaux destinés aux marchés d'Izvand et de Komrey, des marchands avec des wagons de grains et de laine, des caravanes de bêtes de somme transportant des produits manufacturés provenant des ateliers du sud, de longues files de chariots grinçants transportant du bois coupé dans de lointaines montagnes. En sens inverse, des caravanes chargées de fourrures, de sel, de poisson séché. Tous voyageaient en groupes bien armés ; ils ne frayaient pas les uns avec les autres. Le long de la route il y avait des auberges et des maisons de repos. Kazimni préférait bivouaquer. Il traitait les aubergistes de voleurs et affirmait que les lieux de repos puaient.

Les Izvandiens avançaient rapidement, dépassant tous les autres voyageurs. Parfois, cependant, Stark avait l'impression que le mouvement n'était qu'illusoire et qu'ils étaient à jamais prisonniers du paysage qui ne changeait jamais.

Gerrith comprenait son impatience.

— Je la partage, lui dit-elle. Pour toi, un homme. Pour moi, un peuple. Pourtant les choses doivent avancer à leur allure propre.

— C'est ton don qui te le dit ?

Elle lui sourit. Il faisait nuit ; les Trois Reines brillaient à travers des bancs de nuages. Elles étaient dans une autre portion du ciel maintenant, mais elles étaient toujours aussi belles. De vieilles amies. Stark s'y était attaché. Tout près, les lueurs d'un petit feu jouaient sur le visage de Gerrith.

— Quelque chose me le dit. Tout est en train et la fin est déjà écrite. Nous allons au-devant d'elle.

Stark eut un grognement sceptique. Les bêtes, côte à côte, arrière-trains face au vent, paissaient le fourrage

qui leur avait été préparé. Autour de leurs feux les Izvandiens riaient et bavardaient. Les Irnanais emmitouflés souffraient en silence.

— Pourquoi aimes-tu cet Ashton à un tel point ?

— Tu le sais. Il m'a sauvé la vie.

— Et tu franchis les étoiles pour risquer de perdre ta vie sur un monde inconnu ? Tu affrontes tout ceci en sachant qu'il est peut-être déjà mort ? Ce n'est pas suffisant, Stark. Ne me diras-tu pas ?

— Quoi donc ?

— Qui tu es. Ce que tu es. Même un don inférieur au mien saurait que tu es... autre. En toi, il y a quelque chose d'étranger, d'intangible. Parle-moi de toi et d'Ashton.

Il lui en parla. Il lui parla de son enfance sur une planète cruelle, trop proche de son soleil. La chaleur y tuait de jour et le froid de nuit ; le ciel y tonnait, les rocs s'éventraient, la terre tremblait, les montagnes s'écroulaient.

— J'y suis né, dans une colonie minière. Un séisme et un éboulis de rochers tua tout le monde sauf moi. Je serais mort aussi mais la Peuplade me recueillit. C'étaient les aborigènes. Pas tout à fait humains. Ils étaient encore couverts de poils et ne parlaient pas beaucoup. Quelques grognements, quelques cris de chasse, de mise en garde et de rassemblement. Ils partagèrent le peu qu'ils avaient avec moi.

La chaleur torride, le froid, la faim. Mais leurs corps hirsutes réchauffèrent sa nudité fragile durant les nuits cruelles et leurs mains calleuses le nourrirent. Ils lui apprirent l'amour et la patience ; comment chasser les grands chlamydosaures, comment souffrir, comment survivre. Il se souvenait de leurs visages, ridés, progna-

thes, aux dents proéminentes. A ses yeux, de beaux visages, beaux et sages de la sagesse première. Son peuple. Son seul peuple. Et pourtant ils l'avaient nommé l'Homme-sans-Tribu.

— Puis d'autres Terriens arrivèrent, dit Stark. Il leur fallait la nourriture et l'eau de la Peuplade. Alors ils la massacrèrent, en entier. Pour les Terriens, ce n'étaient que des animaux... Ils me mirent en cage ; une curiosité qu'ils irritaient à coups de bâton entre les barreaux. Ils m'auraient tué aussi, une fois la nouveauté passée.

Mais Ashton vint.

Ashton, l'administrateur, armé de tous les pouvoirs de l'autorité. Stark eut un sourire amer.

— Pour moi il n'était qu'un autre ennemi au visage plat, un être à haïr et à tuer. J'avais oublié mon origine humaine et les humains que j'avais connus étaient ignobles. Ashton se chargea de moi, malgré tout. Je n'avais rien d'aimable mais sa patience était sans limites. Il me dompta. Il m'apprit à me tenir dans une maison, à parler avec des mots. Par-dessus tout il m'apprit que s'il y a des hommes cruels il y en a aussi de bons. Oui, il me donna beaucoup plus que la vie.

— Je comprends maintenant, dit Gerrith, et il pensa que c'était vrai, pour autant que quelqu'un puisse comprendre. — Elle tisonna le feu et soupira : Je regrette de ne pouvoir te dire si ton ami est encore en vie.

— Nous le saurons assez tôt, dit Stark. Il s'allongea sur la terre glacée et s'endormit.

Et rêva.

Il suivait le Plus Agé sur une falaise, furieux parce que ses propres pieds étaient démunis de longs orteils préhensiles, farouchement résolu à pallier sa déformité

en grimpant deux fois plus vite et plus haut. Le soleil brûlait impitoyablement son dos nu. Le rocher était incandescent. Des pics noirs perçaient le ciel de tous les côtés.

Le Plus Agé se glissa silencieusement dans une crevasse en faisant le signe impératif. Le jeune N'Chaka se lova près de lui. Le Plus Agé montra quelques chose avec sa lance. Sur une crête, loin au-dessus d'eux, ses mâchoires énormes entrouvertes dans une langueur sensuelle, un chlamydosaure dormait au soleil.

Avec une prudence infinie, muscle par muscle, le ventre serré de faim et d'espoir, le jeune garçon se remit à suivre le Plus Agé le long de la falaise...

Stark n'aimait pas ce rêve. Il l'attristait même durant son sommeil, et il se réveilla pour y échapper. Longtemps il resta assis près du feu mourant, prêtant l'oreille aux sons solitaires de la nuit. Lorsqu'il dormit à nouveau, son sommeil fut sans souvenirs.

Le lendemain, dans l'après-midi, ils virent les toits d'une ville entourée de clôtures, sur les rives d'une mer gelée. Fièrement, affectueusement, Kazimni dit :

— Voilà Izvand.

XI

C'était une ville solide, bâtie avec des bois apportés des montagnes et des toits en pente laissant glisser la neige. Centre commercial de cette partie des Terres Stériles Intérieures, Izvand connaissait un va-et-vient constant de caravanes et de convois. Le jour, ses rues étroites étaient encombrées ; la nuit, la boue glacée atteignait les chevilles, qu'elle brisait facilement. En été, dit Kazimni, beaucoup d'Izvandiens vivaient de la pêche ; dès que la glace aurait libéré le port les bateaux à haute proue quitteraient leurs abris hivernaux.

— Ce n'est pas une mauvaise vie, dit-il. Pas mauvaise du tout. Beaucoup de nourriture, beaucoup de combats. Reste avec nous, Stark. — Stark fit un signe négatif ; Kazimni haussa les épaules. — A ta guise. C'est la saison où les marchands des Terres Sombres commencent à aller vers le nord. Je vais voir ce que je peux faire. En attendant, je connais une bonne auberge.

L'enseigne grinçante et antique de l'auberge représentait un énorme et improbable poisson nanti de cornes. Il y avait des étables et du fourrage pour les bêtes et des chambres pour les voyageurs. Les chambres, petites et froides, accueillaient quatre personnes dans

deux lits clos et n'avaient pas été nettoyées depuis longtemps. La pièce commune fumait de chaleur, de sueur et de l'odeur assez appétissante de la soupe de poissons.

Il était agréable d'avoir enfin chaud, de manger chaud, et de boire du khamm, une boisson blanche, douce et très forte. Stark jouit sans complexe de ces plaisirs simples.

Lorsqu'il vit que les autres avaient terminé leur repas, il se leva. Halk dit :

— Où vas-tu ?

— Voir la ville.

— Ne ferions-nous pas mieux de dresser nos plans ?

Halk avait bu pas mal de khamm.

— Quelques renseignements de plus nous y aideraient, dit paisiblement Stark. En tout cas, il nous faut des vêtements plus chauds et des provisions supplémentaires.

Sans enthousiasme visible, les Irnanais prirent leurs capes et suivirent Stark dans la rue froide.

Halk, Breca sa compagne de combat, Gerrith, Atril et Wake, deux frères. Stark n'eût pu rêver meilleurs compagnons. Mais les six ne pouvaient compter contre le Nord. Une fois de plus Stark songea à leur donner le change, à les quitter afin de terminer son voyage seul, sans contraintes.

Surpris, il entendit Gerrith dire doucement :

— Non. Moi au moins dois te suivre. Les autres aussi, peut-être. Je ne le sais pas. Mais si tu vas seul, tu échoueras.

— Tu as vu cela ? fit Stark.

Elle inclina la tête.

— Je l'ai vu. Là-dessus, ma vision est claire.

Pour se protéger de la neige, le marché était couvert. Des portes garantissaient contre le vent froid. Des lampes fumaient, des braseros chauffaient. Des marchands se tenaient au milieu de leurs biens. Stark observa que peu d'entre eux étaient d'Izvand. Les guerriers aux cheveux pâles dédaignaient apparemment un tel métier.

Le marché était animé. Les Irnanais achetèrent des fourrures, des bottes, des sacs de biscuits de voyage izvandiens, doux et gras, aidant à se protéger du froid. Au bout de quelque temps, Stark trouva ce qu'il cherchait : la rue des cartographes.

C'était une ruelle, bordée d'alcôves. Des hommes s'y tenaient courbés au-dessus de leurs tables à dessin, entourés sur trois côtés d'étagères bourrées de rouleaux de parchemin. Stark alla de boutique en boutique. Il émergea finalement chargé de cartes.

Ils retournèrent à l'auberge. Sur une table relativement tranquille dans un coin de la salle commune Stark étala ses achats.

Les cartes étaient destinées aux marchands. Pour l'essentiel, elles correspondaient assez bien. Les routes étaient indiquées, ainsi que les auberges et maisons de repos. Aux carrefours, des villes modernes, comme Izvand. Des vestiges, ici et là, de routes plus anciennes menant à des villes antiques. La plupart de ces routes étaient frappées, sinistrement, de tête de mort. Certaines cartes montraient le Cœur-du-Monde, entouré de multiples avertissements, mais chaque carte le montrait ailleurs. D'autres ne le montraient pas du tout, se contentant d'une immense et réconfortante superficie simplement légendée : *Démons.*

— Quelque part ici, dit Stark, indiquant la superficie blanche. Si nous poursuivons au nord nous finirons par rencontrer quelqu'un qui sait.

— Les cartes ne servent donc à rien, dit Halk.

— Tu n'as pas fait attention, dit Gerrith. Elles indiquent toutes que nous devons, aussi loin que possible, suivre la route. — Ses doigts volèrent au-dessus du parchemin froissé. — Ici la mer nous barre le chemin ; ici, les montagnes. Ici, sur les basses terres, des lacs et des marais.

— Tous gelés maintenant, dit Halk.

— Et néanmoins infranchissables. Les bêtes mourraient ou se blesseraient. Au bout d'une semaine, nous serions affamés.

— De plus, dit Wake qui parlait toujours au nom des deux frères, il y a la question de temps. Irnan est peut-être déjà attaqué. Même si nous pouvions suivre un autre chemin cela prendrait trop de temps.

Halk jeta un regard autour de la table.

— Vous êtes tous d'accord ?

Ils l'étaient. Halk avala un autre verre de khamm.

— Très bien. Prenons la route et voyageons vite.

— Autre question, dit Stark. Irons-nous seuls ou avec un marchand ?

La compagnie d'un marchand serait plus sûre...

— Si on peut faire confiance au marchand !

— ... mais nous serions forcés de suivre son allure.

— Nous ne recherchons pas la sécurité, dit Halk.

— Pour une fois, je suis d'accord avec toi, fit Stark. Par la route donc, et seuls.

Les autres acquiescèrent. Stark se pencha à nouveau sur les cartes.

— J'aimerais bien connaître la route des Hérauts.

— Elle ne figure pas sur ces cartes, dit Gerrith. Sans doute vont-ils de Skeg vers l'est, à travers le désert. Ils doivent avoir des relais de poste et des points d'eau, tout ce qu'il faut pour hâter et faciliter leur voyage.

— Et des sauvegardes pour empêcher que nul ne les suive, dit Stark, en roulant les parchemins. Nous partirons à la quatrième heure. Prenons un peu de repos.

— Pas tout de suite, fit Breca avec un signe de tête vers la porte de l'auberge.

Kazimni venait d'entrer en compagnie d'un homme brun et mince en cape de fourrure ; un homme qui se mouvait avec la grâce agile et avide d'un loup.

Kazimni les vit, s'approcha avec son compagnon.

— Je parlerai, dit calmement Stark. Pas de commentaires, quoi que je dise.

Kazimni les héla gaiement :

— Salut, mes amis ! Voilà un homme que vous serez heureux de connaître : Amnir de Komrey.

L'homme à la cape fourrée s'inclina. Ses yeux, brillants comme des béryls bruns, volèrent d'un visage à l'autre. Sa bouche souriait.

— Amnir vend très loin dans les Terres Sombres. Il pense pouvoir vous aider.

Stark les invita à s'asseoir, présenta ses camarades. Le marchand commanda une tournée générale de khamm.

— Kazimni me dit que vous avez affaire dans le nord, dit-il lorsque les verres furent sur la table et que chacun, selon l'usage, y eut trempé ses lèvres. Ce que je pense de la sagesse d'un tel voyage n'entre pas en ligne de compte. — Il jeta un coup d'œil aux parchemins sur la table. — Vous avez acheté des cartes, je vois.

— Oui.

— Vous songiez peut-être à voyager seuls ?

— Nous savons que c'est risqué, dit Stark. Néanmoins le temps nous presse.

— Mieux vaut se presser moins que se presser en vain, dit sentencieusement Amnir. Il y a de méchantes gens dans les Terres Stériles. D'une méchanceté inimaginable. Vous six... tous excellents guerriers, j'en suis sûr... ne pourriez rien contre ceux que vous rencontrerez sur votre route.

— Que voudraient-ils de nous ? s'enquit Stark. Nous n'avons rien qui vaille d'être volé.

— Vous-mêmes, dit Amnir. Vos corps. Votre force. — Il salua les femmes. — Votre beauté. Dans les Terres Stériles, hommes et femmes sont vendus à de nombreuses fins.

Halk dit :

— Dans notre cas ils feraient un marché de dupes.

— Sans doute. Mais pourquoi courir le risque ? Si vous êtes capturés ou tués en résistant pendant la capture, que devient votre mission ? — Il se pencha sur la table, brillant de sincérité. — Je vais plus loin que quiconque à l'intérieur des Terres Sombres parce que j'en affronte les dangers non seulement avec courage... d'autres sont tout aussi courageux... mais avec prudence, qualité que tous ne possèdent pas. Je voyage avec cinquante hommes bien armés. Pourquoi ne pas partager cette sécurité ?

Stark fronça les sourcils comme s'il réfléchissait. Halk parut vouloir parler ; un regard furieux de Breca l'en empêcha.

— Tout ce qu'il dit est vrai, dit Kazimni. Je le jure par le Vieux Soleil.

— Mais le temps, dit Stark. Seuls, nous irons beaucoup plus vite.

— Pendant quelque temps, acquiesça Amnir. Et puis... — Il fit, de la main, le geste de se décapiter. — De plus, je ne suis pas un traînard, je ne peux pas me le permettre. Vous perdriez peu de temps.

— Quand pars-tu ?

— Au matin, avant l'aube.

A nouveau, Stark parut réfléchir.

— Et ton prix ?

— Pas de prix. Vous apporterez vos montures et vos provisions, bien entendu. Si nous sommes attaqués vous vous battrez. C'est tout.

— Que demander de plus ? fit Kazimni. Et si l'allure est trop lente vous pourrez toujours quitter le convoi. N'est-ce pas, Amnir ?

Amnir rit.

— Ce n'est pas moi qui les en empêcherai.

Stark regarda Gerrith.

— Que dit la Femme Sage ?

— Que nous devons suivre l'avis de l'Homme Sombre.

— Eh bien, dit Stark, s'il est vrai que nous pourrons quitter le convoi à notre guise...

— Bien sûr ! Bien sûr !

— Alors je pense que nous devrions partir avec Amnir.

Ils scellèrent leur accord d'une poignée de main, reburent du khamm, réglèrent les derniers détails. Puis les deux hommes partirent. Stark ramassa ses cartes. Les compagnons le suivirent dans une des petites chambres du premier étage.

— Et maintenant que dit la Femme Sage ? demanda Stark.

— Qu'Amnir de Komrey ne nous veut pas de bien.

— Pas besoin de double vue pour le savoir, dit Halk. L'homme pue la fausseté. Et pourtant l'Homme Sombre a accepté son escorte.

— L'Homme Sombre ment lorsqu'il le faut, répliqua Stark. Nous n'attendons pas la quatrième heure. Dès que l'auberge sera endormie nous partirons. Vous dormirez sur vos montures.

Dans la nuit constellée d'étoiles ils sortirent d'Izvand. Le ruban glacé de la route s'étendait vers les Terres Sombres et ils y étaient seuls. Ils en profitèrent. Halk semblait consumé par la hâte et Stark était du même avis. Lui aussi voulait s'éloigner d'Amnir autant que possible.

La terre montait vers les chaînes glacées du nord et, des collines, Stark pouvait surveiller leurs arrières. Il pouvait aussi renifler le vent, écouter le silence et sentir la terre secrète et vaste autour de lui.

Ce n'était pas une bonne terre. Le primitif en lui y sentait un maléfice, une perversion.

Le primitif voulait rebrousser chemin et regagner en hurlant la chaleur fumante d'Izvand et la protection de ses murs. L'homme raisonnable était du même avis mais il continuait néanmoins à avancer.

Des nuages cachèrent les Trois Reines. La neige se mit à tomber. Stark n'aimait pas cela ; il voulait voir clair, et loin. A l'abri des nuages pâles, n'importe quel danger pouvait fondre sur eux. Le groupe ralentit l'allure, serra les rangs.

Ils atteignirent une auberge, accroupie sur un carre-

four. Elle avait un toit pointu comme un bonnet de magicien et un œil jaune et bridé. Stark songea à s'y arrêter et changea immédiatement d'avis. D'un commun accord ils quittèrent la route et firent un large détour pour éviter l'auberge, faisant avancer les bêtes avec précaution, en silence.

Le jour fut long à venir ; quand le Vieux Soleil se montra enfin ce ne fut que comme une lueur rousse derrière un rideau de flocons de neige.

Ce fut dans cette étrange lumière rousse qu'ils atteignirent le pont.

XII

Le pont, le ravin rocheux qu'il surplombait, le village qui n'existait que pour entretenir le pont et exiger un droit de passage, tout cela était clairement indiqué sur les cartes. Contourner le pont prendrait au moins une semaine, même sans la neige. Stark dégagea son épée du fourreau et prit quelques pièces dans la bourse de cuir pendue à son cou, sous ses épaisses fourrures. Les Irnanais vérifièrent leurs armes.

En groupe compact ils trottèrent avec leurs bêtes de charge vers le péage, une structure basse commandant l'abord sud du pont. Une autre, identique, se trouvait à l'abord nord. Chaque bâtisse contenait une poulie qui levait ou abaissait une partie du plancher du pont, de façon à ce que nul ne puisse passer sans payer. On pouvait s'emparer d'un des péages mais jamais des deux, et une partie du pont restait toujours ouverte. Le pont surplombait une crevasse peu attirante, profonde de quelques centaines de mètres, jalonnée de rochers cruels, aboutissant à un torrent venant d'un glacier. Le village était construit du côté sud ; appuyé contre une falaise basse, il était très bien fortifié. Stark pensa que l'utilité du pont avait primé l'ennui du péage ; des

générations de marchands lui avaient permis de survivre.

Trois hommes sortirent de la maison. Des hommes petits, larges, laids, couverts de fourrures et de sourires trop expansifs. Ils sentaient très fort.

— Combien ? s'enquit Stark.

— Pour combien de voyageurs ?

De petits yeux scrutaient la neige derrière les arrivants.

— Combien de bêtes ? Combien de chariots ? Le plancher du pont souffre. Le bois est cher. Les planches doivent être remplacées. C'est un dur labeur. Pour payer le bois, nos enfants meurent de faim.

— Pas de chariots, dit Stark. Une douzaine de bêtes. Ce que vous voyez.

Trois visages incrédules les fixèrent.

— Six personnes, voyageant seules ?

— Combien ? fit Stark à nouveau.

— Ah, dit le chef des trois hommes avec une animation soudaine, pour un si petit groupe un très petit prix.

Il le nomma. Stark se pencha, mit les pièces dans une paume sale. Le prix semblait effectivement très bas. Avec un flot de paroles les hommes entrèrent dans le péage. Ils avaient un moyen de faire des signaux à l'autre péage car bientôt les deux sections du pont s'abaissèrent en grinçant.

Stark et les Irnanais s'engagèrent sur le pont.

Les signaux étaient perfectionnés ; avant que les voyageurs n'atteignent l'autre côté, l'extrémité nord du pont remonta vivement, ouvrant un large et mortel fossé.

— Bon, dit Stark avec lassitude, nous allons nous battre.

Ils firent demi-tour pour repasser le pont à toute vitesse ; mais une volée de flèches partit de fentes dans le mur du péage et se ficha dans les planches à leurs pieds.

— Restez où vous êtes ! cria une voix. Déposez vos armes !

Toute une bande de gnomes armés, vêtus de fourrures, arrivait du village de toute la vitesse de leurs jambes torses. Stark regarda les vilaines petites fentes des murs. D'autres flèches y pointaient.

— Nous sommes pris, dit-il. Devons-nous vivre un instant de plus ou mourir maintenant ?

— Vivre, dit Gerrith.

Ils posèrent leurs armes, restèrent sur place. Les villageois submergèrent le pont, les tirèrent de sur leurs selles ; poussant, empoignant, riant. Les bêtes furent attachées à un râtelier près du péage. Le gardien du pont et ses amis parurent.

— Six personnes voyageant seules ! dit le gardien du pont en levant les bras vers la lueur rousse dans le sud. Vieux Soleil, nous te remercions de nous avoir envoyé de tels sots.

Il se retourna, fouilla Stark, cherchant la bourse de cuir.

Stark résista au désir de lui ouvrir la gorge avec ses dents. Halk, soumis au même traitement, libéra ses mains et se battit. Des gourdins l'étendirent au sol.

— Ne l'abîmez pas, dit le gardien. Ces muscles-là valent leur poids en fer.

Il trouva la bourse, coupa le lien de cuir et pressa ses doigts sales contre la poitrine de Stark.

— Celui-ci aussi... Tous des hommes grands et forts, tous les quatre. Bon, bon ! Et les femmes...

Il hoqueta, dansant sur ses pieds épais.

— Peut-être qu'on les gardera un peu, hein ? Jusqu'à ce qu'on soit fatigués. Regardez-les, mes amis, regardez-moi ces longues, longues jambes !

— J'ai eu tort, dit Gerrith. Mieux valait mourir.

— Écoute, répondit Stark.

Il était difficile d'entendre autre chose que les glapissements des villageois et son ouïe n'égalait pas celle de Stark. Mais lorsque les sons se rapprochèrent elle entendit ; puis, tous entendirent : le martèlement des sabots, le cliquetis des harnais, le fracas des armes. Des cavaliers parurent dans la neige qui tombait. Ils étaient nombreux, rapides comme le vent. Leurs lances étaient acérées, et Amnir de Komrey était à leur tête.

Les villageois firent demi-tour et s'enfuirent.

— Oh non, dit Amnir, et les cavaliers les ramenèrent, les piquant douloureusement, les faisant bondir et hurler. Le gardien du pont, immobile, tenait dans sa main la bourse volée à Stark.

— Tu as violé le contrat, dit Amnir. Le contrat par lequel nous vous permettons de vivre et qui stipule que lorsqu'un homme a payé son passage sur votre pont il passera sans encombre et librement.

— Mais, dit le gardien du pont, six personnes seules... de tels inconscients sont de toute façon condamnés. Pouvais-je dédaigner ce don du Vieux Soleil ? Il nous en fait si peu !

Les yeux durs d'Amnir étaient baissés sur lui ; sa lance lui piqua la gorge.

— Ce que tu tiens... cela t'appartient-il ?

L'homme secoua la tête ; la bourse tomba lourdement à ses pieds ; les pièces tintèrent.

— Que dois-je faire de toi et de ton peuple ? demanda Amnir.

— Seigneur, je suis un pauvre homme. Mon dos est rompu par le labeur du pont. Mes enfants meurent de faim.

— Tes enfants, dit Amnir, sont gras comme des porcs et deux fois plus sales. Quant à ton dos, il ne t'empêche pas de voler.

Le gardien du pont écarta les bras.

— Seigneur, je suis avide. J'ai vu du gain et j'ai voulu le prendre. Tout homme en ferait autant.

— Cela est vrai, dit Amnir. Ou presque vrai.

— Vous pouvez nous tuer bien sûr, dit le gardien du pont. Mais alors qui fera notre travail ? Songez au temps que cela vous prendra, aux richesses que cela vous coûtera. — Il tressaillit. — Songez aux Affamés Gris. Peut-être que toi-même, seigneur, risquerais de finir sur leurs crochets.

— Il est malséant de ta part de me menacer, dit Amnir en le piquant un peu plus fort.

Le gardien soupira. Deux grosses larmes roulèrent le long de ses joues.

— Seigneur, je suis à ta merci, dit-il en se recroquevillant sous ses fourrures.

— Hum, dit Amnir. Si je t'épargne, respecterez-vous le contrat ?

— A jamais !

— Donc jusqu'à la prochaine fois où vous croirez pouvoir le rompre sans risque. — Il se tourna sur sa selle et cria : Regagnez vos porcheries, êtres jamais lavés ! Allez !

Les villageois s'enfuirent. Le gardien du pont, en larmes, tenta d'étreindre le genou d'Amnir le plus proche.

— Libre passage, seigneur ! Pour toi, pas de péage !

— Je suis touché, dit Amnir. Ôte tes pattes sales.

Le gardien, saluant, se retira à reculons dans le péage. Amnir mit pied à terre, rejoignit Stark et ses compagnons. Halk, furieux et ensanglanté, avait été remis sur ses pieds.

— Je t'avais averti, dit Amnir. Ne t'avais-je pas mis en garde ?

— En effet.

Derrière Amnir, Stark regardait les cavaliers, notant qu'ils avaient tranquillement formé un demi-cercle de lances acculant les Irnanais désarmés à l'extrémité du pont ouvert.

— Tu as dû chevaucher très vite pour nous rattraper.

— Très vite. Tu aurais dû attendre, Stark, et faire route avec mes chariots. Pourquoi ? Tu n'avais pas confiance en moi ?

— Non, dit Stark.

— Tu avais raison, dit Amnir. — Il sourit, fit signe à ses hommes. — Liez-les.

XIII

Les Trois Reines étaient lointaines, se laissant voir à peine. Le Flambeau du Nord, émeraude brûlante, dominait le ciel. Les jours courts des Terres Sombres étaient à peine plus clairs que les nuits. La lueur rousse et terne du Vieux Soleil tachait le ciel au lieu de l'éclairer. La neige blanche devenait couleur de rouille ; la vaste plaine, jalonnée des ruines de villes abandonnées, montait lentement vers une lointaine chaîne de montagnes, nimbées du même ocre rouge. Les grands chariots avançaient lentement dans ce paysage irréel ; il y en avait seize, recouverts de toile qui grondait dans le vent. Bien avant l'aube jusque bien après la nuit les chariots avançaient et lorsqu'ils s'arrêtaient ils formaient un fort, avec les bêtes et les gens à l'intérieur.

Stark et les Irnanais chevauchaient leurs propres montures et mangeaient les provisions achetées à Izvand. Amnir était ravi qu'ils ne lui coûtent rien. Chaque monture était menée par un cavalier armé. Les mains gantées de fourrure des captifs étaient liées et leurs pieds aux bottes fourrées étaient également liés sous le ventre de leur monture ; mais de façon à ne pas

gêner la circulation afin d'éviter que leurs extrémités ne gèlent.

Malgré cet inconfort, leur situation était préférable à celle des premiers jours où Amnir les avait enfermés dans les chariots, loin des regards curieux. D'autres caravanes de marchands armés étaient sur les routes et Amnir avait affaire dans deux ou trois centres où des marchands itinérants, comme les nomades Harsenyi, apportaient leurs marchandises. Ces centres ressemblaient à des blockhaus. Autour d'eux, des abris grossiers où les voyageurs pouvaient obtenir quelque répit du vent et du froid. Amnir n'en faisait pas usage. Il semblait n'avoir pas d'amis parmi les marchands des Terres Sombres. Ses hommes ne se mêlaient pas à ceux des autres convois ; ils se tenaient à l'écart, perpétuellement vigilants.

Au dernier centre il y eut une violente altercation avec des gens à l'aspect sauvage menant de petites bêtes hirsutes chargées de sacs. Ces gens abreuvèrent Amnir d'insultes dans un dialecte barbare. Ils lancèrent des pierres et des morceaux de glace. Les hommes d'Amnir étaient prêts ; mais après avoir donné libre cours à leur mauvaise humeur les sauvages se retirèrent.

Amnir était impavide.

— Je leur ai pris une grande partie de leur commerce, dit-il, et j'ai été obligé d'en tuer quelques-uns. Qu'ils grognent après moi si cela leur fait plaisir.

Après cela ils quittèrent les routes tracées et s'enfoncèrent dans l'immensité vide. Les chariots suivaient une piste ancienne et à peine visible sauf lorsqu'elle passait sous un viaduc ou sur une chaussée trahissant une technologie perdue depuis longtemps sur Skaith.

— Une vieille route, dit Amnir. Jadis, quand le Vieux Soleil était jeune, toute cette terre était riche et il y avait de grandes villes, desservies par cette route. En ce temps-là, les gens ne montaient pas des bêtes, ne voyageaient pas dans des chariots lourds et grossiers. Ils avaient des machines brillantes, rapides comme le vent. Ou, s'ils le désiraient, ils pouvaient s'envoler et parcourir le ciel comme des étoiles filantes. Maintenant nous nous traînons, comme tu vois, sur le cadavre glacé de notre monde.

Mais, en le disant, il y avait de l'orgueil dans sa voix.

Nous sommes des hommes, nous survivrons, nous ne sommes pas vaincus.

— Dans quel but nous traînons-nous ? questionna Stark.

Amnir avait refusé de dévoiler ses intentions à leur égard. A en juger par les regards évaluateurs et ravis qu'il leur lançait, il avait de grands espoirs. Quels qu'ils fussent, Kazimni devait les partager, ainsi que les bénéfices. Stark n'en voulait nullement à Kazimni. Il s'était honorablement acquitté de la tâche de les conduire à Izvand. Nul ne l'avait chargé de les en faire sortir sains et saufs...

Sachant parfaitement où Stark voulait en venir, Amnir se fit souriant et évasif.

— Le commerce, dit-il. La richesse. Je t'ai dit que je pénètre plus avant dans les Terres Sombres que les autres marchands. Voici pourquoi. Des lingots de métal apparaissaient constamment sur les marchés de Komrey et d'Izvand. Des lingots comme je n'en avais jamais vu, d'une qualité supérieure, estampillés d'un marteau. Mes centres d'avidité sont très développés. Ils

stimulèrent ma curiosité et mon sens du profit. J'ai retrouvé la trace de ces lingots à travers une chaîne de commerce longue et compliquée, nouée par les hommes sauvages que tu as vus au dernier centre. Des hommes sont morts dans cette recherche, mais j'ai trouvé la source.

Il chevauchait, ainsi qu'il le faisait souvent, près de Stark, occupant les heures longues et froides à parler.

— Le peuple des lingots m'aime et me considère comme son bienfaiteur. Avant, ils étaient à la merci de beaucoup de choses : accidents, pertes, vols, stupidités, les risques de passer par beaucoup d'intermédiaires. Maintenant que je commerce directement et honnêtement avec eux ils sont devenus si riches et si gras qu'ils n'ont plus besoin de s'entre-dévorer. Bien sûr, cela signifie que leur population augmente et qu'un jour quelques-uns d'entre eux devront quitter Thyra et fonder une autre ville.

— Thyra, dit Stark. Une ville. Une de celles marquées d'une tête de mort ?

— Oui, sourit Amnir.

— Mais ils n'ont plus besoin de s'entre-dévorer.

— Non, dit Amnir, et son sourire s'élargit. Prie pour que nous l'atteignions. Terrien. Il y a pire, avant. — Il ajouta, farouchement : Nul grand profit ne s'obtient sans risques.

Stark observait le paysage. Au fur et à mesure qu'ils avançaient il fut certain de voir, dans la pénombre rougeâtre, des êtres pâles se glisser furtivement derrière des tertres et dans des ravins. Ils étaient lointains, silencieux. Peut-être n'étaient-ils que des ombres. Dans cette lumière, la vision devenait confuse. Dans les

matins et les après-midi sans lune, on ne pouvait être sûr de rien. Cependant, Stark veillait.

Dans ces heures sans lune Amnir regardait parfois les étoiles ; comme si, pour la première fois de sa vie, il pensait à elles comme à des soleils possédant des planètes, d'autres mondes avec d'autres habitants et d'autres mœurs. Cette pensée le troublait et il blâmait Stark de l'avoir fait naître.

— Skeg était loin. Nous avions entendu parler du vaisseau et des étrangers mais nous n'y pensions pas, nous n'y croyions qu'à demi. Le concept était trop grand, trop étrange. Nous avions suffisamment de quoi nous occuper. Manger. Boire. Engendrer des enfants. J'ai six fils, le savais-tu ? Et des filles, aussi. Des femmes. J'ai des questions familiales. Des biens. Beaucoup de gens dépendent de moi pour vivre. J'ai des problèmes de commerce à considérer, à résoudre. Ces choses occupent mes jours, mes années, ma vie.

« Comme les Izvandiens nous, de Komrey, descendons de gens venus à l'origine du haut nord. Des gens qui ne voulaient pas aller plus loin vers le sud qu'il n'était nécessaire pour vivre à leur façon. Nous restâmes dans les Terres Stériles de notre plein gré. Nous tenons les gens des villes-états, tels que les Irnanais, pour mous et corrompus.

Il fixa les étoiles comme s'il les haïssait.

— On naît sur un monde. Il n'est peut-être pas parfait mais c'est le monde qu'on connaît. Le seul. On s'adapte, on survit. Puis soudain il apparaît que la lutte est inutile, car on a le choix entre d'autres mondes. C'est troublant. Cela sape toutes les fondations de la vie. Quel besoin en avons-nous ?

— Là n'est pas la question, dit Stark. Les mondes sont là. Allez-y ou non. A votre guise.

— Mais tout devient si inutile ! Prenons les Thyrans. Je connais toutes leurs ballades. *La Longue Route, la Destruction des Chasseurs Rouges, la Venue de Strayer* — le héros légendaire censé leur avoir appris à travailler le métal, mais je pense qu'il y a eu plusieurs Strayer —, *La Conquête de la Montagne* et ainsi de suite. Les longues années terribles, le courage, la mort et la douleur et, finalement, le triomphe. Et maintenant nous voyons que si seulement ils l'avaient su ils auraient pu fuir sur un monde meilleur en s'épargnant tout cela.

Amnir secoua la tête.

— Ça ne me plaît pas. Un homme doit s'en tenir à ce qu'il connaît.

Stark refusait de discuter. Puis, trahi par sa curiosité, Amnir le questionnait. Comment était-ce sur les autres mondes ? Comment mangeait-on, s'habillait-on ? Commerçait-on ? Comment faisait-on l'amour ? Les gens étaient-ils *vraiment* des gens ? Stark prenait un plaisir cruel à répondre, poignardant l'assurance d'Amnir, ouvrant les cieux pour lui montrer mille mondes où Amnir, hors de contexte, n'existerait pas.

Amnir serrait les dents.

— Cela m'est égal. Je suis moi-même, j'ai mené mon combat et gagné ma place. Je ne demande rien de plus.

Stark se fit tentateur.

— Mais tu n'es pas entièrement satisfait, néanmoins ? Tu es un homme avide. Imagines-tu les grands vaisseaux allant et venant entre les soleils, transportant des cargaisons qui te sont inconnues et valant plus que tout ce que ton horizon peut contenir ? Tu pourrais

avoir ton propre vaisseau, Amnir. Sans avoir à le payer.

— Si je vous libère. Si tu réussis. Si, si, si. Les chances sont trop minimes. D'ailleurs... je suis un avide, mais un avide sage. Je connais mon petit horizon. Il me convient. Pas les étoiles.

Amnir gardait ses captifs séparés les uns des autres. Le risque était diminué ; il savait qu'ils ne songeaient qu'à fuir. Stark pouvait voir les autres chevaucher leurs montures, mais ne pouvait leur parler. Il se demanda ce que Gerrith pensait maintenant de la prédiciton.

Halk fit une tentative maladroite et désespérée pour s'échapper. Après cela, il fut emprisonné dans un chariot. La nuit, ils étaient tous enfermés. Stark était attaché aux montants de façon à ne pouvoir rapprocher ses mains ni atteindre l'épaisse courroie avec ses dents. Chaque fois qu'on le liait, il essayait ses liens pour voir si ses geôliers avaient été négligents. Assuré que non, il s'allongeait sur les ballots de marchandises qui formaient son lit et s'endormait avec la patience inébranlable des êtres sauvages. Il n'avait pas oublié Ashton. Il n'avait rien oublié. Simplement, il attendait. Chaque journée le rapprochait du lieu où il voulait se rendre.

Il questionna Amnir sur la Citadelle.

— Vous m'avez tous posé cette question, dit Amnir, et je vous ai donné à tous la même réponse. Demandez aux Thyrans.

Il sourit. Stark était las de ses éternels sourires.

— Depuis combien de temps commerces-tu si loin dans le nord ?

— Si je le termine, ce sera mon septième voyage.

— Tu crois que tu risques de ne pas le terminer ?

— Sur Skaith ce risque existe toujours, dit Amnir, pour une fois sans sourire.

Les ruines se firent plus abondantes. Par endroits, elles n'étaient que des tertres informes de glace et de neige. Ailleurs, des moignons de tours se dressaient encore ; il y avait des labyrinthes de murs et de puits. Plusieurs sortes de créatures se terraient dans les ruines creuses. Elles semblaient subsister en se traquant mutuellement. Les plus agressives hurlaient et tournaient la nuit autour des chariots, affolant les bêtes.

Deux fois, de jour, les chariots furent attaqués en force. Les formes trapues et féroces semblèrent émerger du sol lui-même, se jetant en avant dans le crépuscule couleur de rouille, se précipitant en hurlant, dents et griffes avides, sur tout ce qui vivait. Elles s'empalèrent sur des lances et des épées ; leurs semblables les déchiquetèrent et les dévorèrent tandis qu'elles hurlaient encore. Les hommes armés les repoussèrent mais pas avant que certaines des montures n'aient été saisies aux harnais par des corps grouillants et dévorées en quelques minutes. Les créatures mouraient en mangeant. La pire des choses, pour Stark, était que leur relent infect était indéniablement humain.

Tandis qu'ils passaient ces points dangereux des ruines, les ombres à peine visibles avaient disparu, pour réapparaître plus loin. Il était évident qu'Amnir en avait été conscient, et qu'elles l'inquiétaient.

— Tu sais, qui ils sont ?

— Ils se nomment le Peuple des Tours. Les Thyrans les tiennent pour des grands magiciens. Ils les appellent les Vers Gris et refusent tout contact avec eux. Je leur ai toujours versé un large tribut pour passer dans leur ville et nous n'avons jamais eu d'ennuis. Ils n'ont

jamais agi ainsi auparavant : nous suivant, nous espionnant. Je ne le comprends pas.

— Quand arriverons-nous à leur ville ?

— Demain, dit Amnir. Sa main se crispa sur la garde de son épée.

Au matin sombre, sous l'étoile d'émeraude, ils franchirent un fleuve gelé, près des piliers d'un pont disparu. De l'autre côté du fleuve des tours déchiquetées se dressaient contre le ciel ; sauf pour le vent, elles étaient silencieuses ; mais des lumières y brillaient.

La route menait droit aux tours. Stark les regarda avec un immense dégoût. Elles étaient recouvertes de glace. La neige étouffait leurs fissures, poudrait leurs bords torturés. Il paraissait indécent qu'il y eût des lumières dans ces murs.

Amnir chevauchait le long des chariots.

— Rapprochez ! Rapprochez ! De la tenue ! Qu'ils voient nos armes. Sur vos gardes ! Ayez l'œil sur ma lance et continuez d'avancer.

Les tours ruinées étaient groupées autour d'une place ronde. Au centre de la place il y avait un énorme tas qui avait peut-être jadis été un monument. Trois silhouettes se tenaient là. Des hommes décharnés, avec de longs bras, le dos légèrement courbé. Ils portaient des vêtements ajustés d'un gris mal défini. Des capuchons couvraient leurs têtes étroites. Des masques protégeaient leurs visages contre le vent. Des symboles de rang se détachaient sur les masques, brodés avec des fils plus sombres. Les trois hommes étaient seuls, immobiles. Les portes en ruine des bâtiments formaient de chaque côté des bouches noires et caverneuses.

Les narines de Stark frémirent. Une odeur de vie lui

parvenait de ces portes — une odeur sèche et subtile de corps pressés, de fumée, d'animaux entravés, de fumier, de laine et d'aliments innommables. Il chevauchait à sa place habituelle à côté du troisième chariot. Gerrith, derrière lui, était à côté du quatrième. Les autres captifs étaient derrière Gerrith, sauf Halk, toujours enfermé. Stark tira nerveusement sur ses liens ; l'homme armé qui menait sa monture le frappa du pommeau de sa lance en lui enjoignant de rester tranquille.

Le bruit des chariots grondait contre le silence. Amnir se détacha, allant vers les trois silhouettes. Des hommes le suivaient, portant sacs, ballots, rouleaux de tissu.

Amnir s'arrêta, leva la main qui tenait sa lance, pointe en l'air.

— Puisse le Vieux Soleil te donner lumière et chaleur, Hargoth.

— Ni l'une ni l'autre n'existent ici, dit l'homme devant les deux autres.

On ne voyait que ses yeux et sa bouche. Les yeux étaient pâles, sans expression. Sur le front du masque se trouvait le disque ailé du symbole solaire que Stark avait découvert être presque universel. Sur les joues du masque, des grains stylisés. Stark supposa que l'homme était à la fois chef et grand prêtre. Il était étrange de trouver un Roi de la Moisson ici où le grain n'avait pas germé depuis des siècles. Les lèvres étaient minces, les dents très pointues. Sa voix haute et grêle portait loin, avec autorité :

— Ici il n'y a que mon seigneur l'Obscurité, son épouse la Glace et leur fille la Faim.

— Je t'ai apporté des présents, dit Amnir.

— Cette fois tu nous as apporté davantage, dit le Roi de la Moisson.

Le vent emporta ses paroles. Mais la lance d'Amnir se baissa et un mouvement se fit le long des chariots ; des armes se dressaient. L'homme menant la monture de Stark raccourcit la rêne.

D'un ton étrangement égal Amnir répondit :

— Je ne comprends pas ce que tu veux dire.

— Pourquoi le ferais-tu ? dit le Roi de la Moisson. Tu n'as pas la Vision. Mais je l'ai vu. Je l'ai vu dans le Rêve Hivernal. Je l'ai vu dans les entrailles de l'Enfant du Printemps que nous offrons chaque année au Vieux Soleil. Je l'ai vu dans les étoiles. Notre guide est venu, l'Homme Promis qui nous mènera dans les cieux lointains, vers la lumière et la chaleur. Il est avec toi. — Un long bras mince s'allongea, désigna Stark. — Donne-le-nous.

— Je ne te comprends pas, dit Amnir. Je n'ai que des captifs du sud qui seront vendus pour esclaves aux Thyrans.

La pointe de la lance s'inclina davantage. Les chariots roulèrent plus vite.

— Tu mens, dit le Roi de la Moisson. Tu les vendras à la Citadelle. Des messages sont venus du haut nord, aussi bien menteurs que véridiques. Nous savons la différence. Il y a des étrangers sur Skaith et la route des étoiles est ouverte. Nous avons attendu durant toute la longue nuit et maintenant l'aube est venue.

Comme une confirmation, la première lueur maussade de l'aube tacha le ciel oriental.

— Remets-nous notre guide. Seule la mort l'attend dans le haut nord.

Stark hurla :

— Que savez-vous des étrangers ?

L'homme armé lui donna un coup violent sur la tête avec le pommeau de sa lance. Amnir jeta un ordre aigu, fit faire demi-tour à sa monture ; les chariots roulèrent de plus en plus vite ; les attelages dérapaient sur le sol gelé.

XIV

Lié de façon à ne pouvoir ni tomber ni se battre, à moitié inconscient en raison du coup reçu, Stark vit les murs et les portes sombres passer devant lui dans une ombre bourdonnante. Il souhaitait que les gens à l'intérieur de ces sombres cavernes sortent et attaquent, afin de le libérer. Mais ils ne le firent pas. Le Roi de la Moisson et ses aides de camp restèrent immobiles à côté du monument ruiné. En quelques instants l'énorme convoi brinquebalant de chariots et d'hommes armés avait quitté le cercle et se hâtait entre des ruines plus petites, désertes et sans lumières. Lorsque le Vieux Soleil se traîna au-dessus de l'horizon ils étaient en pleine campagne. Nul ne les poursuivait.

Amnir fit arrêter le convoi pour reposer les bêtes et remettre de l'ordre. Stark parvint à se retourner suffisamment pour voir que Gerrith n'avait pas souffert. Son visage était très pâle ; ses yeux écarquillés avaient une expression étrange.

L'homme armé se servit de sa lance, moins brutalement, pour redresser son prisonnier sur sa selle. Stark cligna des yeux pour retrouver une vision claire. Amnir le rejoignait. Il fixa Stark avec une expression curieuse.

la rencontre avec les hommes des Tours l'avait manifestement troublé.

— Ainsi, dit Stark, tu nous as toujours destinés à la Citadelle ?

— Cela t'étonne ?

— Non. Le Roi de la Moisson m'a étonné.

— Le quoi ?

— L'homme que tu as nommé Hargoth, le prêtre-roi des Tours. Il m'a reconnu. Il attendait. Voilà pourquoi on nous espionnait.

— Cela ne te servira à rien, dit Amnir. — Il se tourna vers l'homme d'armes. — Veille à ce qu'on l'enferme dans le chariot. Immédiatement. Et qu'il soit bien gardé.

— Contre qui ? demanda Stark. Le Peuple des Tours ? Que peux-tu contre des magiciens ? Les Thyrans ? Peut-être préféraient-ils nous vendre eux-mêmes à la Citadelle, sans partager les profits. Les Seigneurs Protecteurs ? S'ils décidaient de ne pas te payer le prix que tu savoures depuis que Kazimni t'a parlé à Izvand ? Et s'ils envoyaient leurs Chiens du Nord pour nous traquer tous ? — Stark rit ; un rire dur, désagréable. — Ou peut-être penses-tu, malgré toi, que la prédiction de la Femme Sage est vraie ? Dans ce cas hâte-toi, Amnir. Essaie de prendre de vitesse le Destin.

Amnir cilla, mal à l'aise. Il marmonna ce qui était sans doute un juron et s'en fut, éperonnant sa monture avec une brutalité inutile.

Dans le chariot, Stark fut lié encore plus soigneusement que de coutume. Il contempla la toile grossière au-dessus de lui, se remémorant les paroles de Hargoth. *La route des étoiles est ouverte. Nous avons*

attendu durant toute la longue nuit et maintenant l'aube est venue.

Les pâles lueurs du Vieux Soleil avaient quitté depuis longtemps le ciel lorsque les chariots furent mis en place pour la nuit. Stark, allongé et immobile, éprouvait une excitation curieuse et sans raison. Il écouta les hommes d'Amnir établir le camp. Il écouta le vent faire frémir la toile. Il écouta battre son cœur. Et il attendit.

Je l'ai vu dans le Rêve Hivernal. Je l'ai vu dans les entrailles de l'Enfant du Printemps. Notre guide est venu...

Les bruits du camp moururent. Les hommes avaient mangé, s'étaient couverts pour dormir. Tous, sauf les sentinelles. Il y en avait plus que de coutume, à en juger par le nombre de pieds qui martelaient le sol. De temps à autre un des gardes regardait à l'intérieur du chariot, s'assurant que le prisonnier était toujours solidement attaché.

Le temps s'écoula.

« Peut-être que je me trompe, pensa Stark. Peut-être qu'il ne se passera rien. »

Il ne savait pas vraiment ce qu'il attendait. Une attaque soudaine, des pas pressés, des cris. Les espions du Roi de la Moisson avaient facilement suivi les chariots à l'allure lente. Le Peuple des Tours devait pouvoir rejoindre le convoi cette nuit...

Et s'il venait, s'il attaquait ? Les hommes d'Amnir étaient disciplinés et bien armés. Le Peuple des Tours pouvait-il les vaincre ? Quelles armes avait-il ? Se battait-il bien ?

S'ils étaient vraiment de grands magiciens, ils dispo

saient d'autres moyens pour parvenir à leurs fins. Mais l'étaient-ils ?

Il ne le savait pas. Finalement, il pensa qu'il ne le saurait jamais.

Le froid, songea-t-il, était plus pénétrant que jamais. Il mordait son visage. Il craignit le gel et tenta d'enfoncer son visage plus avant dans ses fourrures, un côté à la fois. Son haleine gelait sur les fourrures, sur sa chair, sur ses cheveux. Ses poumons lui faisaient mal. Il somnola et s'imagina devenant une statue recouverte de glace brillant comme du cristal.

Il avait peur.

Il lutta contre ses liens. En vain, mais l'effort fit fondre un peu de la glace qui l'avait submergé.

Le froid reprit. Cette fois, il *l'entendait.*

Le froid chantait. Chaque cristal glacé avait une petite voix grêle, qui tintait doucement, faiblement ; comme une musique lointaine, apportée par le vent d'au-delà de collines.

Les tintements chantaient le sommeil et la paix. La paix et la fin du combat.

Tous les êtres vivants doivent en arriver là.

Succomber au sommeil et à la paix...

Stark luttait encore faiblement contre cette tentation lorsque la toile arrière du chariot fut relevée. Un homme très mince enjamba agilement le montant. Rapidement, il coupa les liens de Stark et le releva avec une force surprenante en dépit de sa minceur. Il fit boire à Stark un liquide sombre.

— Viens, dit-il. Vite.

Le visage, masqué de gris sans symboles, flotta, irréel, dans la pénombre. Stark trébucha ; le liquide qu'il avait absorbé devint un feu en lui. Il manqua de

tomber du chariot. Le bras d'acier de l'homme gris le soutint.

A l'intérieur du cercle formé par les chariots les petits feux mourants lançaient leurs dernières lueurs. Des corps, humains et animaux, étaient allongés, immobiles, sous une couche de glace pâle qui brillait sous les étoiles. Les sentinelles étaient là où elles étaient tombées, marionnettes grotesques aux bras levés et aux jambes contractées.

Stark prononça un mot :

— Gerrith.

L'homme gris lui désigna quelque chose et le pressa d'avancer.

Le Roi de la Moisson se tenait sur un petit tertre en dehors du camp. Derrière lui, des prêtres de moindre rang formaient un demi-cercle, comme un arc tendu dont le grand prêtre était la flèche.

Ils étaient tous immobiles, leurs visages masqués tournés vers le camp. Le guide de Stark veilla à ne pas passer devant le silence de cet arc et de cette flèche. Il mena Stark de côté. Le froid mortel relâcha son étreinte.

A nouveau, Stark dit :

— Gerrith.

L'homme gris se tourna vers le camp. Deux silhouettes trébuchantes venaient des chariots ; mince et masquée, l'une soutenait l'autre, vêtue de fourrures. Lorsqu'elles s'approchèrent Stark vit une épaisse natte de cheveux et sut que celle en fourrures était Gerrith.

Son soupir de soulagement fut une vapeur dans l'air glacé.

— Où sont les autres ? dit-il.

L'homme gris ne répondit pas. Stark saisit son épaule maigre et musclée, le secoua.

— Où sont les autres ?

La voix du Roi de la Moisson s'éleva derrière lui. Le demi-cercle était rompu ; la flèche avait fait son œuvre.

— Nous n'avons pas besoin d'eux, dit le Roi de la Moisson. La Fille du Soleil me sera utile. Les autres sont sans valeur.

— Néanmoins, dit calmement Stark, je les veux. Maintenant. Sains et saufs. Il nous faudra aussi des armes.

Hargoth hésita. Un rayon de lumière étoilée éclaira ses yeux faisant étrangement luire les ouvertures oculaires de son masque. Puis il haussa les épaules et dépêcha quatre des siens vers les chariots.

— Cela ne fera aucun mal, dit-il, ni aucun bien. Tes amis mourront plus tard et moins facilement, voilà tout.

Stark regarda le camp et les corps immobiles.

— Que leur as-tu fait ?

— J'ai envoyé sur eux l'Haleine Sainte de la Déesse. — Il fit un signe dans l'air. — Ma Dame de Glace. Elle leur donnera le sommeil, et la paix éternelle.

Ainsi finissait Amnir, l'homme énergique et avide. Stark n'en éprouva guère de pitié. Les hommes d'armes gagnaient dangereusement leur vie, mais Stark ne les plaignit pas non plus. Ses poignets et ses chevilles portaient les cicatrices de leur hospitalité.

Hargoth montra une longue crête basse, une plissure de la plaine.

— Mes gens ont dressé un camp derrière cette crête. Il y a du feu, des aliments, de la boisson. Viens.

Stark refusa.

— Pas avant que j'aie vu nos compagnons.

Ils attendirent dans l'air cinglant jusqu'à ce que Halk, Breca et les frères aient été amenés, ainsi que des armes prises aux morts. Puis tous suivirent le Roi de la Moisson vers la crête.

— Il y a de la nourriture dans les chariots, dit Halk.

Il marchait de travers car il était resté attaché durant bien des jours. Il avait perdu de sa force mais était plus belliqueux que jamais, car il avait conscience de sa faiblesse.

— Allez-vous l'abandonner aux bêtes qui hantent ces solitudes ?

— Nous n'en avons que faire, dit Hargoth, et nous ne sommes pas des voleurs. Le contenu des chariots appartient aux Thyrans.

— Pourquoi pas nous, alors ?

— Vous ne faisiez pas partie de leur entente avec le marchand.

Stark aida Gerrith à franchir des rochers dénudés.

— Tu as dit que des messagers t'étaient parvenus du haut nord. Qui les a envoyés ?

— Les Hérauts. Ils nous ont dit de guetter des étrangers venant du sud. Ils ont offert une forte récompense pour toi.

— Tu ne comptes pas la réclamer ?

— Non.

— Pourquoi ?

— D'autres nouvelles sont arrivées du haut nord. Un homme d'outre-monde a été amené à la Citadelle. Les nomades Harsenyi l'ont vu avec les Hérauts dans les passes des Monts Cruels. Les Hérauts aiment garder

leurs secrets mais les Harsenyi voient tout. Ils vagabondent sur la moitié du monde et portent les nouvelles. — Hargoth jeta un regard oblique à Stark. — De plus, il y a la Vision et j'ai su qui tu étais dès que mes gens t'ont vu chevaucher à côté des chariots. Tu n'es pas de ce monde. Tu viens du sud et l'on dit qu'il y a dans le sud un endroit où atterrissent les vaisseaux stellaires. Les Harsenyi ont appris cela à Izvand.

— C'est vrai, dit Stark.

— Ah, dit Hargoth. Je l'ai vu nettement dans le Rêve Hivernal. Les vaisseaux sont comme des tours brillantes sur les rives de la mer.

Ils avaient atteint le sommet de la crête. En dessous, un peu à l'abri du vent, Stark vit des feux et des tentes de peau, bosses déjà poudrées de neige.

— Nous voulons partir, dit Hargoth. Voilà pourquoi nous ne te vendrons pas aux Hérauts. Tu nous mèneras aux étoiles.

Il inclina humblement la tête devant Stark. Mais ses yeux ne contenaient pas d'humilité.

XV

Stark descendit la moitié de la pente, obligeant ainsi Hargoth à le suivre. Puis il s'immobilisa.

— Je vous mènerai, dit-il, après que nous aurons pris la Citadelle. Pas avant.

Le vent gémissait contre la crête, faisant voler des cristaux blancs et glacés qui pleuvaient sur Stark et les Irnanais, sur Hargoth et ses adjoints. D'un mouvement instinctif, les groupes se séparèrent. Après cela, ils demeurèrent immobiles.

Hargoth dit :

— Les vaisseaux sont dans le sud.

Stark acquiesça :

— Malheureusement, cette porte est fermée. Il y a la guerre dans le sud. D'autres que vous veulent prendre la route des étoiles et les Hérauts le leur interdisent. Ils tuent, au nom des Seigneurs Protecteurs. Le seul moyen de rouvrir la porte est de prendre la Citadelle, abattre les Seigneurs Protecteurs et les Hérauts. Autrement, vous n'irez au sud que pour mourir.

Le vent gémit et les cristaux blancs plurent.

Hargoth se tourna vers Gerrith.

— Fille du Soleil, est-ce vrai ?

— C'est vrai, dit-elle.

— De plus, dit Stark soudain excédé d'être sans cesse contré, si Skaith était un monde ouvert certains types de vaisseaux pourraient atterrir n'importe où sur la planète au lieu d'être limités à l'enclave de Skeg. Votre peuple n'aurait pas besoin d'aller au sud. Il serait bien plus facile que les vaisseaux viennent à vous.

Hargoth ne répondit pas. Stark ignorait ce qu'il pensait. Il ne savait qu'une chose : il ne serait plus jamais prisonnier de quiconque, même s'il devait mourir en combattant. Il fit un mouvement, regrettant que ses muscles soient si engourdis par le froid.

— Tu es sage en ta connaissance, dit enfin Hargoth. Comment dois-je te nommer ?

— Stark.

Tu es sage en ta connaissance, Stark, mais je suis sage en la mienne. Et je te dis que Thyra est entre nous et la Citadelle.

— N'y a-t-il pas de détour ? La terre est très large.

— Jusqu'à ce qu'elle devienne étroite. Thyra domine cette étroitesse. Thyra est forte, peuplée, avide. Elle traite avec les Hérauts. Les Thyrans auront su avant nous ce que nous avons appris.

Stark opina. Sourcils froncés, il regardait le sol.

— Vers le sud, dit Hargoth. C'est le seul chemin.

Sa voix avait un inflexible accent de triomphe. Stark ne répondit que par un haussement d'épaules, que Hargoth put interpréter à sa guise.

Apparemment il y vit un acquiescement car il se mit à descendre la pente.

— Les feux sont chauds, les abris sont prêts. Profitons-en. Demain, à son lever, nous implorerons sa bénédiction au Vieux Soleil.

Stark suivit Hargoth. Il n'y avait aucune menace dans ses paroles et pourtant Stark se sentit mal à l'aise. Il regarda Gerrith. Elle marchait à côté de lui ; sa longue natte se balançait. Natte couleur de soleil. Femme couleur de soleil. Que lui voulait Hargoth ? Stark allait parler, mais Gerrith lui jeta un regard d'avertissement. Puis Hargoth les regarda par-dessus son épaule, avec un sourire dur.

Impassibles, ils le suivirent.

Au camp, il n'y avait que des hommes, jeunes. Femmes, enfants et hommes plus vieux se préparaient, leur apprit-on, à la migration ; faisant les bagages, séchant la viande, cuisant du pain de voyage, enlevant tous leurs biens de leurs foyers dans les tours ruinées, choisissant les bêtes qui ne seraient pas abattues afin de leur servir plus tard.

Ils chantaient, dit Hargoth, l'hymne très ancien préservé depuis des temps immémoriaux ; appris une fois dans chaque existence mais jamais chanté jusqu'à aujourd'hui. *L'Hymne de la Délivrance.*

L'Être Promis nous guidera
Sur les longues routes des étoiles
Vers un nouveau commencement...

Les hommes le chantaient autour des feux à l'arrivée de Stark et des autres. Leurs visages étaient rosis ; leurs yeux brillants étaient fixés sur l'étranger venant des cieux lointains. Stark était gêné et énervé. Depuis son arrivée sur Skaith on lui imposait des devoirs qu'il n'avait pas choisis et dont il ne voulait pas. Le diable emporte ces gens, leurs prophéties et leurs légendes !

— Nos ancêtres étaient hommes de savoir, dit Har-

goth. Ils rêvaient de vols stellaires. Tandis que leur monde se mourait, ils poursuivirent leur rêve et leur œuvre mais il était trop tard. Ils nous laissèrent la promesse : bien que nous ne puissions partir, un jour tu viendrais à nous.

Stark fut soulagé lorsque l'hymne prit fin.

Gerrith refusa toute nourriture et demanda à être conduite à sa tente, seule. Son visage avait l'expression lointaine de la double vue. Les pans de la tente de peau retombèrent derrière elle et Stark ressentit un frisson d'appréhension.

Il mangea les aliments offerts. Non qu'il eût particulièrement faim ; mais le fauve ne sait jamais quand il fera son prochain repas. Il but la forte boisson faite de lait fermenté. Les Irnanais étaient assis près de lui, en groupe serré. Il sentait qu'ils voulaient lui parler mais qu'ils étaient intimidés par Hargoth et les siens. Les hommes des Tours étaient accroupis près des feux, ou se mouvaient entre eux comme de minces fantômes aux hautes épaules courbées. Leurs visages masqués de gris, sans expression, étaient identiques. Les hommes des Tours les avaient délivrés des liens d'Amnir ; et pourtant Stark se méfiait.

Il y avait de la folie en eux, née des longues ténèbres et d'une foi trop vieille. Que leur folie fût axée sur lui ne le mettait pas plus à l'aise.

Gerrith sortit de sa tente, se tint debout dans la lueur des flammes. Elle avait quitté ses lourdes fourrures ; elle était nu-tête. Dans ses mains, le petit crâne d'ivoire, encore taché du massacre d'Irnan.

Hargoth s'était levé. Gerrith lui fit face. Des yeux de cuivre doré affrontèrent des yeux de glace.

Elle parla, de la même voix douce et claire que le

jour où Mordach avait tenté de l'humilier et l'avait payé de sa vie :

— Hargoth, tu veux me donner au Vieux Soleil. Un sacrifice pour obtenir sa bénédiction.

Hargoth ne jeta pas un regard de côté bien qu'il eût entendu Stark et les Irnanais se dresser, mains sur leurs armes.

— Oui, dit-il à Gerrith. Tu es l'offrande choisie qui m'a été envoyée à cette fin.

Gerrith secoua la tête.

— Mon destin n'est pas de mourir ici. Si tu me tues ton peuple et toi ne parcourrez jamais les routes des étoiles et ne verrez jamais un soleil plus jeune.

Sa conviction était telle que Hargoth hésita et ne répondit pas.

— Ma place est avec l'Homme Promis, dit Gerrith. Ma route est vers le nord. Et je te dis qu'avant la fin de ceci le Vieux Soleil sera suffisamment repu de sang.

Elle leva plus haut le crâne, au-dessus du feu. Les flammes devinrent d'un rouge sombre et les marquèrent tous de la couleur de la mort.

Hargoth, quoique incertain, était orgueilleux et obstiné.

— Je suis roi et grand-prêtre. Je sais ce qu'il faut faire pour mon peuple.

— En es-tu sûr ? fit calmement Stark. Tu ne connais que le rêve. Je suis la réalité. Comment sais-tu que je suis vraiment l'Homme Promis ?

— Tu viens des étoiles, dit Hargoth.

— Oui. L'étranger amené à la Citadelle aussi. Et c'est lui qui ordonne aux vaisseaux de venir. Pas moi.

Hargoth le fixa longuement à la lueur rouge des flammes.

— Il a ce pouvoir ?

— Il l'a, dit Stark. Comment peux-tu être sûr que *lui* n'est pas l'Homme Promis ?

Gerrith baissa les mains, recula. Les flammes reprirent leur couleur normale. Elle dit, calmement :

— Tu es à la croisée des chemins, Hargoth. La route que tu choisiras maintenant déterminera le sort de ton peuple.

« Phrases sentencieuses », pensa Stark, mais il n'avait nulle envie d'en sourire. C'était la vérité ; son destin et celui d'Ashton étaient également en cause.

Sa main se ferma sur la garde de l'épée prise à un des hommes d'Amnir. Il attendit la réponse de Hargoth. Si celui-ci persistait stupidement à sacrifier Gerrith et à aller vers le sud, le Vieux Soleil allait avoir quelques victimes sans tarder.

Le regard incertain de Hargoth allait de Stark à Gerrith, le regard froid et brillant de la folie, de la conviction fanatique. Les prêtres adjoints qui l'avaient assisté au camp d'Amnir étaient rassemblés tout près, aux aguets, visages masqués, immobiles. Soudain, Hargoth fit demi-tour et les rejoignit. Ils s'éloignèrent. Leurs dos formèrent un mur, masquant ce qu'ils faisaient, mais le mouvement de leurs épaules indiquait qu'un rite se déroulait. Ils psalmodièrent ; un murmure bas et sonore.

— N'ayant pas de sacrifice vivant, dit Gerrith, ils consultent un autre augure.

— Qui ferait bien d'être favorable, dit Halk en tirant son épée du fourreau.

Le silence se prolongea. Le feu mourant crépita sous la neige et le gel. Le Peuple des Tours, dans l'obscurité battue par le vent, attendait.

Les prêtres exhalèrent une longue plainte. Ils s'inclinèrent devant une Présence Invisible et regagnèrent le feu.

— Trois fois nous avons jeté les osselets sacrés de l'Enfant du Printemps, dit Hargoth. Trois fois ils ont désigné le nord. — Ses yeux trahissaient une déception furieuse, désespérée. — Très bien. Nous affronterons les Thyrans. Et si nous réussissons à passer, sais-tu ce qui attend derrière Thyra pour nous interdire la Citadelle ?

— Je le sais, dit Stark. Les Chiens du Nord.

Une ombre passa sur le visage de Gerrith. Elle frissonna.

— Qu'as-tu ? dit Stark.

— Je ne sais pas. Il m'a semblé... que lorsque tu as prononcé ce nom... il a été entendu.

Loin dans la désolation du nord une grande forme blanche avait cessé d'avancer lentement dans la neige. Elle se tourna. Une énorme gueule remplie de crocs quêta dans la direction du sud.

XVI

Comme Hargoth l'avait dit, la terre large se resserrait. Elle commença à s'élever abruptement vers une série de crêtes. De chaque côté se trouvaient des collines et des ravins profonds remplis de glace. La piste des chariots d'Amnir suivait encore la route ancienne. La force du dégel d'été suffisait apparemment à couper la route en de nombreux endroits. Elle avait été refaite sur le lit de canaux plus larges ; les plus étroits avaient été remplis de pierres. Un hommage au travail et à la volonté des hommes d'Amnir, maintenant morts.

Avec les gens d'Hargoth le groupe comptait trente-six membres : deux dizaines d'hommes d'armes et leur capitaine, armés de frondes et de javelots ; le Roi de la Moisson et huit prêtres, armés de magie ; et les six d'Irnan, y compris Stark, qui se serait volontiers passé de ses nouveaux alliés. Le groupe était trop nombreux pour voyager aisément en secret et trop faible pour être une unité d'attaque. Stark pensa néanmoins que Hargoth et ses prêtres pourraient être utiles devant les Chiens du Nord. L'Haleine de la Déesse pourrait au

moins ralentir ces démons légendaires. En tout cas, il n'avait pas le choix.

Les minces hommes en gris étaient presque infatigables. Leur marche était une sorte de trot que Stark et les autres eurent d'abord du mal à suivre après leur longue captivité. Mais peu à peu ils adoptèrent l'allure des hommes en gris. Leur force et leur souplesse leur revinrent. Seul Halk, le plus longtemps enfermé, trébuchait à l'arrière-garde, transpirant et jurant. Son humeur était telle que Breca renonça à l'aider et rejoignit les autres.

— Quelle distance d'ici à Thyra ? questionna Stark.

— Trois longues marches.

Hargoth n'était jamais allé à Thyra ; Kintoth, capitaine des hommes d'armes, oui. Son masque portait des éclairs de foudre et son épée était de fer.

— Nous y allons parfois troquer contre des outils et des armes, dit Kintoth en frappant la garde de son épée. Les Thyrans sont de grands forgerons. Nous leur apportons de la viande séchée ainsi que des peaux et du tissu ; mais jadis, avant le marchand, nous avions peur d'être ajoutés nous-mêmes à leurs provisions de bouche et nous y allions toujours en force. Maintenant qu'Amnir est mort nous devrons à nouveau nous méfier. Les Thyrans ont des bêtes et ils donnent des couteaux aux ramasseurs de lichen pour en avoir comme fourrage. Mais il n'y on a jamais assez dans les temps de famine.

— Nous échangeons aussi des femmes, dit Hargoth. Par nécessité, bien que cela nous déplaise autant qu'aux Thyrans. Pour survivre, nous devons tous deux

avoir du sang neuf. Jadis une troisième cité nous avoisinait ; mais son peuple farouche refusait tout échange et finit par s'éteindre.

Il trotta quelque temps en silence. Puis il ajouta :

— Parfois, les Hérauts nous amènent des femmes du sud. Elles ne vivent pas longtemps, ici. D'habitude, nous les donnons au Vieux Soleil.

Il regarda Gerrith.

— Et la Citadelle ? dit Stark, qui avait vu ce regard.

— Nous ne l'avons jamais vue. Nul ne l'a vue. Pas même les Harsenyi. Les Chiens du Nord la gardent contre tout étranger. Et il y a le brouillard.

— Le brouillard ?

— Un brouillard épais, permanent, qui bout comme la vapeur au-dessus d'un chaudron. Une magie très forte. La Citadelle est toujours cachée.

— Mais tu en connais le chemin ?

— Je sais ce que les Harsenyi ont dit. Certains d'entre eux servent les Hérauts.

— Mais tu ne le sais pas vraiment. Les Thyrans le savent-ils ?

— Je te l'ai dit. Le chemin est connu et inconnu.

— Et les femmes du sud ?

— Celles qu'ils nous donnent ne sont jamais emmenées à la Citadelle mais amenées directement.

La bouche d'Hargoth était une ligne mince.

— Les présents des Hérauts ! Ils ne nous apportent pas que des femmes. Des petits flacons et de jolies poudres, joie et rêves pour tous... et l'esclavage perpétuel. Ils incitent nos jeunes à aller dans le sud rejoindre les Errants. Nous n'aimons pas les Hérauts !

Hargoth scruta les étrangers. Le Vieux Soleil était au-

dessus de l'horizon et Hargoth regarda un visage après l'autre, lentement, voyant dans le jour couleur de rouille ce qu'il n'avait pas vu à la lueur des étoiles ou des feux de camp.

— Vous venez de loin pour les anéantir. Pourquoi ?

Il écouta. Lorsqu'ils se turent, il dit :

— Vous autres du sud devez être bien déchus pour admettre d'être si mal gouvernés.

Gerrith, d'une main levée, empêcha un éclat de Halk. Elle lança un regard froid à Hargoth et dit :

— Tu as entendu parler des Errants. Tu ne les as jamais vus. Tu n'as jamais vu une foule déchaînée. Peut-être en verras-tu avant que ce soit fini. Alors, donne-moi ton opinion.

Hargoth inclina la tête.

— Les Seigneurs Protecteurs, dit Stark, que sais-tu d'eux ?

— Je crois qu'ils ne sont qu'un mensonge, destiné à garder les Hérauts au pouvoir. Ou bien, s'ils ont jamais vécu, ils sont morts depuis un millénaire. Voilà pourquoi je dirais que ce voyage est sottise pure si je ne savais que les Hérauts sont bien réels. Et si, comme tu le dis, ils veulent nous interdire les étoiles...

Apparemment, il n'était pas tout à fait convaincu. Et les regards obliques qu'il lançait par moments à Gerrith ne plaisaient guère à Stark.

— Mon Seigneur l'Obscurité, ma Dame la Glace et leur Fille la Faim, dit Stark. Vous vénérez la Déesse et elle vous confie son pouvoir. Pourtant, vous vénérez aussi le Vieux Soleil ?

— Afin qu'il tienne en échec les dieux des ténèbres. Autrement, nous mourrions. D'ailleurs, la Fille du Soleil devait être une offrande d'adieu.

Longtemps après le coucher du Vieux Soleil ils quittèrent la route et trouvèrent un vallon dans les collines. Les guerriers firent de petits feux avec des mousses sèches et des lichens, ramassés parmi les pierres ravinées par le vent. Ils ne s'étaient pas attendus à une si longue absence des Tours, et les rations furent maigres. Nul ne s'en plaignit. Ils avaient l'habitude de la faim.

Lorsque vint l'heure d'entrer dormir dans les tentes de peaux, Stark dit à Gerrith :

— Tu dormiras avec moi. Je crois qu'Hargoth n'a pas renoncé.

Elle accepta sans protester. Stark vit le regard cynique de Halk tandis qu'il suivait Gerrith dans la tente.

Leurs deux corps occupaient toute la place. Stark se rendit compte que c'était la première fois qu'il était seul avec Gerrith depuis le jour sanglant d'Irnan. Sur la route d'Izvand, il y avait eu les Irnanais et les mercenaires. Aucun instant de solitude. Halk et Breca ne se gênaient pas, mais leur liaison était de longue date. Stark et Gerrith n'avaient pas de liens sauf leurs rôles respectifs de Femme Sage et d'Homme Sombre. Rôles se prêtant mal à l'intimité. Il ignorait si Gerrith en souhaitait un autre. Son état de prophétesse lui donnait une place à part, une sorte d'intangibilité. De plus, il avait fait atrocement froid. Ensuite, captifs d'Amnir, ils n'avaient même pas pu se parler.

Maintenant, sous la tente, éclairés par une lampe minuscule, chacun réchauffé par l'autre, il éprouva un sentiment nouveau. Cuisses, hanches et épaules se touchaient. Leurs haleines ne formaient qu'une vapeur. Une chaleur animale montait de leur chair. Il sentit qu'elle ne frissonnait plus et mit sa main sur la sienne.

— Ton don t'a-t-il dit pourquoi tu as dû faire ce long et pénible chemin ?

— N'en parlons pas maintenant. Ne parlons de rien.

Il l'attira. Elle sourit, ne résista pas. Des doigts, il traça le contour de sa joue et de sa mâchoire. L'admirable structure des os était visible sous la peau brunie par le vent. Ses yeux étaient immenses, sa bouche tendre et douce, offerte.

Il l'embrassa, incertain. Gerrith l'enlaça farouchement et après rien ne fut incertain. Forte et ardente, elle était la vie même dans ce lieu de froid et de mort, donnant et prenant avec la même générosité. Et Stark sut que cela devait arriver depuis le commencement, depuis l'instant où Mordach avait arraché la robe noire, ne la laissant vêtue que de sa magnifique et indestructible fierté.

Ni l'un ni l'autre ne parlèrent d'amour. A l'amour il faut un avenir. Ils dormirent dans les bras l'un de l'autre, heureux.

Dans le matin noir ils repartirent, suivant l'étoile verte. Un bref arrêt pour l'hommage rituel au Vieux Soleil à son lever. Hargoth regarda Gerrith avec regret, mais elle était entourée par Stark et des Irnanais. A midi ils s'arrêtèrent à nouveau pour se reposer et mâcher leurs provisions de voyage : des lichens comestibles pressés en gâteaux durs et une mixture au goût fort de graisse, de viande fibreuse et d'herbes amères.

Stark discuta de stratégie avec Kintoth. Le capitaine dessina du doigt dans la neige une carte rudimentaire.

— Voilà, dit-il. Voilà la route sur laquelle nous sommes. Elle sinue comme cela ; et voici Thyra, assise sur une douzaine de collines. La vieille ville. La ville nouvelle s'étend tout autour.

Son doigt fit de vagues marques sur le périmètre.

— La ville nouvelle remonte à quand ? fit Stark.

— Elle est moins vieille que la nôtre. Elle doit avoir un millier d'années. Le Peuple du Marteau est venu de nulle part, selon les bardes, et il a pris ces villes antiques.

— Plus d'une ?

— Il y a plusieurs tribus. Nous n'avons affaire qu'aux Thyrans, mais l'on dit qu'il y en a d'autres, ailleurs et que leur dieu est le même, Strayer des Forges.

— Ils ont tous la même folie, dit Hargoth, la folie du fer et du travail du fer. Ils minent l'ossature des villes ; le métal est plus pour eux que de la richesse. C'est leur vie même.

— Bon. — Stark regarda la carte. — Thyra, ancienne et nouvelle. La route. Quoi d'autre ?

Au-delà de Thyra, Kintoth esquissa des montagnes stylisées.

— On les nomme les Flammes Sorcières, pour une raison que tu comprendras quand tu les auras vues. Elles marquent la frontière entre les Terres Sombres et le haut nord. Voici la passe que nous devons franchir pour les traverser... si nous l'atteignons jamais.

Thyra était un mur devant l'entrée de la passe.

— Il n'y a pas d'autre chemin à travers les montagnes ?

Kintoth haussa les épaules.

— Il y en a peut-être cent. Celui-ci est le seul que nous connaissions et la Citadelle est quelque part au-delà. Sur la route, ici. — Il dessina des fortifications sur les approches de Thyra. — Ce poste est fortement armé. Tout autour de la ville il y a des postes de sentinelles. — Il fit de petits trous dans la neige. — Je n'en connais pas les positions exactes. Les Thyrans vivent dans les ruines et sur les bords des ruines. Ils sont plus vulnérables que nous dans nos Tours. Ils prennent soin de protéger leur richesse et leur précieuse chair, de crainte que toutes deux ne soient dévorées.

Le paysage semblait totalement désert.

— Quels ennemis ont-ils ici ? fit Stark.

— Ceci est la frontière nord des Terres Sombres, dit Hargoth. Nous passons toutes nos existences en état de siège. N'importe qui, n'importe quoi, peut fondre sur nous. Parfois les grands dragons de neige, aux ailes blanches de gel et aux crocs avides. Parfois une bande de Ceux de l'Extérieur qui parcourent en déments notre monde en prenant tout ce qui tombe sous leurs griffes. Et il y a des créatures tapies dans l'ombre qui sentent la bonne nourriture chaude qui marche sur deux jambes et ne pensent qu'à s'en saisir.

— Il ne faut montrer ni faiblesse ni imprudence, dit Kintoth. Les Harsenyi pourraient être tentés d'attaquer s'ils pensaient y gagner. Les autres tribus du Marteau pourraient devenir avides. Bien entendu, les Thyrans sont ceux qui doivent se garder le mieux. — Il montra du doigt la chaîne esquissée des Flammes Sorcières. — Ils ont des voisins dans ces montagnes. Les Enfants de Skaith-Notre-Mère.

Dans le crépuscule rouillé du vallon, Stark le

regarda fixement. Le vent soufflait des nuages de neige.

Halk eut un rire ; rauque, désagréable.

— Peut-être auras-tu de la chance une seconde fois, Homme Sombre ! dit-il.

Et il rit à nouveau.

XVII

De longues ombres sur la route pointaient vers le nord. Chaussé de peaux fourrées, le groupe avançait silencieusement. Le vent sans pitié effaçait leurs traces aussitôt faites.

— Comment sont-ils, ces Enfants de Skaith-Notre-Mère ?

Hargoth secoua sa tête étroite.

— Les Thyrans disent que ce sont des monstres et racontent sur eux des histoires, nombreuses et horribles.

— Sont-elles vraies ?

— Qui peut le dire ?

— Tu n'en sais rien ? Aucun des tiens n'a été dans les montagnes, traversé la passe ?

— Dans les Terres Sombres, dit Hargoth, il est déjà assez difficile de rester sur place. On ne voyage que pour une seule raison : survivre.

— Les Harsenyi voyagent, pourtant.

— Ce sont des nomades. C'est leur façon de vivre. Ils sont assez forts pour repousser les attaques des êtres sans cerveau, des bouches affamées et nous leur en sommes reconnaissants. Ils sont notre seul lien avec le

monde extérieur. Ils nous apportent les marchandises que nous n'avons pas et ne pouvons fabriquer. Par-dessus tout, ils nous apportent des nouvelles. Étant nomades, ils ne nous prennent ni nourriture ni abri. De plus, nous sommes habitués à eux.

— Et ils traversent les Flammes Sorcières.

— Davantage. L'on dit qu'ils commercent même avec les Hommes Encapuchonnés sur l'autre versant des Montagnes Cruelles. — Il prit un temps, réfléchit. — On *dit* aussi qu'ils commercent avec les Enfants de Skaith.

Au prix d'un effort, la voix de Stark ne trahit pas son irritation :

— Et que disent les Harsenyi des Enfants ?

— Que ce sont des monstres et de plus puissants magiciens que nous. Qu'ils ont pouvoir sur les pierres et sur tout ce qui appartient à la terre, qu'ils font trembler à leur commandement. Ils disent...

— Ils disent ! Les Harsenyi sont sans nul doute admirablement renseignés. Sauf qu'il arrive que des marchands mentent afin de garder secrets leurs débouchés. Est-ce que quelqu'un *sait* ?

— Tu veux dire, puis-je te donner une information certaine sur les Enfants ? Non.

— Tu essaies de les faire renoncer à nous suivre, Homme Sombre, dit Halk. Mais ils ne renonceront pas si facilement.

Stark lui jeta un regard, sans répondre. Il se demanda s'il avait les yeux aussi creux et l'aspect épuisé de Halk et des autres. Les solides fourrures achetées à Izvand étaient râpées et le cuir se voyait aux endroits où les liens avaient frotté. Les hommes avaient cessé de se raser, puisque Amnir leur avait

refusé rasoirs ou couteaux. Depuis leur délivrance leurs barbes et leurs cheveux longs les protégeaient un peu du froid. Les femmes, elles, se couvraient le visage avec des morceaux de tissu. Breca marchait à côté de Halk. Gerrith, maintenant, à côté de Stark. Elle seule paraissait pleine de vie. Les autres, tels des automates, semblaient attendre que quelqu'un les mette en mouvement. Stark partageait assez ce sentiment. La terre et le ciel pesaient sur lui comme des fardeaux — froids, vides, dénués de toute promesse.

Et personne ne savait ce qui s'était passé dans le sud.

Les ombres s'allongèrent. Le vent du haut nord soufflait, charriant de la neige sèche.

Soudain, arrivé à un certain endroit, Kintoth saisit le bras de Stark.

— Là ! Tu vois ! Dans le ciel, Stark. Lève les yeux !

Stark vit briller et scintiller de l'or pâle.

— Ce sont les Flammes Sorcières.

La route tourna et les pics disparurent.

Deux des hommes de Kintoth, partis en éclaireurs, revinrent, courant comme des lévriers.

— Un groupe, venant de Thyra.

— Important ? demanda Kintoth.

— Assez. Nous ne l'avons vu que de loin.

En quelques instants ils eurent quitté la route. Stark laissa à Kintoth le soin de s'assurer que nulles traces ne les trahiraient. Ils se dissimulèrent derrière les rochers, dans les creux du terrain. Stark trouva un point d'où il pouvait surveiller la route. Halk s'allongea près de lui. Légèrement plus loin, Hargoth guettait et attendait, bientôt rejoint par Kintoth.

Les Thyrans s'entendaient de loin. Des tambours

rythmaient leur marche, accompagnés par la plainte irrégulière d'un instrument aigu et le fracas du métal contre le métal. Finalement, le groupe franchit une courbe de la route.

Stark estima que les Thyrans étaient au nombre de cinquante, tambours, flûtes et cymbales compris. Tous avaient des armes en fer. Tous portaient des casques de fer et, sur leurs fourrures, des cuirasses cloutées de fer. Des boucliers ferrés pendaient derrière leur épaule gauche. Bannières et étendards flottaient dans le vent, rayés de rouge et de noir et frappés d'un marteau. C'étaient des hommes petits et trapus, à l'aspect puissant. Ils marchaient avec une détermination effrayante, comme celle d'une armée de fourmis guerrières. L'on sentait qu'ils n'étaient pas habitués à être vaincus.

Derrière les soldats venait un groupe d'hommes, sans armes tirant des chariots à l'ossature de fer, remplis de marchandises.

— Ils vont à la rencontre d'Amnir, dit Halk à voix basse bien que les tambours et le fracas eussent couvert tout autre son. Je leur souhaite du plaisir lorsqu'ils le trouveront.

Stark attendit que le dernier chariot cahotant eut disparu avant de rejoindre Hargoth.

— Les Thyrans envoient-ils chaque année une escorte au marchand ?

— Non. Nous surveillons les groupes d'hommes armés et nombreux.

— C'est exact, dit Kintoth. Une ou deux fois nous avons suivi le marchand presque jusqu'aux portes de Thyra, et il n'y avait que les sentinelles habituelles. Il est impossible de prévoir l'arrivée du convoi avec pré-

cision et de toute façon Amnir avait suffisamment d'hommes avec lui.

— Néanmoins, dit Stark, Halk pense qu'ils vont à la rencontre d'Amnir. — Il réfléchit. — Pourraient-ils aller attaquer les Tours ?

— Pas avec cinquante hommes. Je pense que Halk a raison.

— Pourtant, ainsi que tu le dis, Amnir avait suffisamment d'hommes. Cette troupe est assez nombreuse pour vaincre, ou du moins intimider la troupe d'Amnir. On dirait que les Thyrans portent un intérêt tout particulier au marchand, cette année. Peut-être aurait-il quelque chose que les Thyrans souhaitent lui prendre... quelque chose d'une valeur exceptionnelle. Je me demande si la Citadelle n'aurait pas donné de nos nouvelles aux Thyrans.

— Nous avons sans aucun doute été suivis jusqu'à Izvand, dit Gerrith. Des messagers rapides, suivant la route des Hérauts, ont pu avertir la Citadelle qu'Amnir était parti à notre poursuite.

— Rapides ou lents peu importe, dit Halk. Nous ne dépasserons jamais Thyra à moins de nous frayer un autre chemin.

— Nous allons le faire immédiatement, dit Stark

La route antique était soudain devenue lourde de menaces. Patrouilles et guetteurs pouvaient y abonder. Stark essaya de calculer le temps qu'il faudrait à la troupe thyrane pour trouver ce qui pouvait rester d'Amnir et de son convoi, et pour faire connaître le désastre à Thyra. Ils enverraient sans doute un coureur. Et ensuite ? Les Thyrans se mettraient-ils à fouiller les collines ? Stark pensa qu'il fallait traverser les Flammes Sorcières aussi vite que possible.

Ils quittèrent la vieille route. Rester dans la bonne direction était facile. Le Vieux Soleil tachait d'un rouge ocre et terne le ciel du sud-ouest et lorsqu'il avait disparu l'étoile verte brillait intensément, telle une petite lune, au nord-est. Stark comptait sur Kintoth pour lui dire où se trouvait Thyra. Le terrain était tour à tour assez facile ou très accidenté et souvent le chemin était complètement barré par une falaise à pic ou un ravin infranchissable. Il fallait, avec lassitude, revenir sur ses pas. Leur allure était d'une lenteur décourageante.

Cette nuit-là, il n'y eut pas d'amour. Ils ne s'arrêtèrent que lorsque la fatigue les y contraignit et reprirent leur marche dès qu'ils en eurent la force. Même Halk ne se plaignit pas. Tous semblaient sentir que les montagnes étaient dangereuses, trop dangereuses pour que l'on s'y reposât en paix. Ils avaient hâte d'en sortir.

Le Flambeau du Nord monta plus haut. Son halo se para de blanc, de rose, de vert pâle. Et dans la nuit il y eut une présence nouvelle.

Les hauts pics des Flammes Sorcières se dressaient dans le nord, et ces couleurs délicates se reflétaient sur leurs flancs glacés qui les renvoyaient en mille facettes lumincuscs. Une merveille née du froid.

— Les Flammes Sorcières sont vouées à la Déesse, dit Hargoth, bien que nous les voyions rarement.

Vers minuit, Stark trouva une piste.

XVIII

Une piste furtive, maligne, comme en font les bêtes et ce ne fut que parce que Stark avait passé sa vie dans des lieux sauvages qu'il la vit. La piste suivait la direction qu'il voulait prendre. Elle était très étroite, glissant en haut et en bas des pentes, sinuant habilement pour éviter les falaises et les canyons. Un moment plus tard il se rendit compte que ce n'était pas une piste unique. Elle faisait partie d'un réseau de passages à travers les montagnes.

Il demanda qui pouvait les avoir faits et Hargoth répondit :

— Ceux-qui-Vivent-Dehors, probablement, bien que d'autres êtres puissent s'en servir. Les villes les attirent, ainsi que je te l'ai dit. Il y a toujours l'espoir de trouver de la nourriture...

Il était impossible de savoir si la piste avait récemment été utilisée. Le sol nu était trop gelé et, là où il y avait de la neige, il n'y avait nulle trace de pas. S'il y en avait eu le vent ou autre chose les avait effacés.

Stark allait devant les autres. Il ne faisait confiance qu'à lui-même.

Il sentit un relent de fumée dans l'air pur. Avançant

plus prudemment il vit une crête devant lui. Au-delà venaient des sons. Des sons inimaginables.

Il rebroussa chemin pour avertir les autres puis rampa jusqu'au sommet de la crête.

Il vit un petit vallon niché entre les montagnes. Sur un côté brûlait un petit feu de lichens desséchés, à l'intérieur d'un cercle de pierres noircies. La lueur était celle d'une tête d'épingle. Le vallon était rempli de la lumière du halo et de l'étoile verte. Les Flammes Sorcières étincelaient dans le nord. La neige couvrant les pentes du vallon brillait plus faiblement. Et dans cet étincellement dénué d'ombres une vingtaine de silhouettes dansaient sur la musique aiguë et sauvage d'un pipeau.

Les danseurs formaient un large cercle et tournaient de droite à gauche autour des pentes. Ils bondissaient et tournoyaient en riant, faisant voler leurs vêtements en lambeaux. La hauteur et la légèreté de leurs bonds, leur grâce et leur joie donnaient l'impression que leurs bras étendus étaient des ailes. « La joie, pensa Stark, était rare partout », et il n'en avait pas encore vu sur Skaith. Mais l'endroit était curieux pour y trouver du bonheur.

Leur danse n'avait pas de forme précise, sauf qu'ils gardaient le cercle. Parfois, deux d'entre eux ou davantage, se tenant la main, riant comme un oiseau chante, en longs trilles, allaient tourner autour du flûtiste qui bondissait et tournoyait seul, au centre. Quelquefois il dansait en sens contraire d'eux et quelquefois il dansait en formant son propre cercle, en sens inverse de celui de tous les danseurs.

Après un moment Stark pensa qu'il y avait autre chose que de la joie dans leur réjouissance. Une cer-

taine qualité... qu'avait dit Hargoth ? Une certaine démence ?

Quelqu'un se glissa près de lui. Il vit les éclairs foudroyants sur le masque. Kintoth regarda par-dessus la crête puis recula.

— Ceux-qui-Vivent-Dehors, dit-il.

Stark acquiesça.

— Ils semblent connaître chaque centimètre de ces montagnes. Peut-être connaissent-ils un chemin autour de Thyra.

— Cela vaut la peine d'être tenté, dit Kintoth, mais n'oublie pas qu'on ne peut pas s'y fier. Ne leur tourne pas le dos, même une seconde. — Il ajouta : Et songe que les Hérauts ont pu leur parler de toi.

— J'y avais pensé, dit Stark. Dis aux autres de venir et de se tenir ici, où ils seront vus. Avec leurs armes au poing.

Kintoth partit rapidement. Stark attendit un peu puis se leva et descendit la pente.

Il ne put savoir qui l'avait vu en premier. Mais le pipeau se tut lentement, les danseurs s'immobilisèrent. Les silhouettes sombres se détachaient sous la merveilleuse lumière du ciel nocturne. Silencieux, ils l'observaient. Leurs loques frémissaient sous le vent, comme des plumes.

Stark les salua de la formule rituelle.

— Puisse le Vieux Soleil vous donner lumière et chaleur.

Un des danseurs s'avança. « Une femme », pensa-t-il. C'étaient des êtres maigres avec des chevelures en désordre sous de curieux bonnets et leurs vêtements n'étaient pas révélateurs. Les vêtements étaient faits de nombreuses petites peaux cousues ensemble et les

« loques » qui volaient au vent étaient constituées par les pattes et les queues. Le visage de la femme était pâle, étroit, avec des yeux immenses, bridés en hauteur. Ses yeux n'avaient pas de blanc, rien que des iris verts et brillants avec des pupilles immenses qui semblaient refléter la nuit tout entière.

— Le Vieux Soleil nous importe peu, dit-elle nonchalamment. — Son accent était étrange, difficile à comprendre. Sa bouche aussi était étrange, avec des dents proéminentes extrêmement pointues et acérées. — Nous vénérons la Déesse des Ténèbres. Puisse la nuit t'apporter la vie et la joie.

Stark l'espéra, mais sans y compter.

— Qui est votre chef, ici ?

— Un chef ? — Elle inclina la tête d'un côté. — Nous en avons de toutes sortes. Que veux-tu ? Un chef pour chanter les nuages et les étoiles, un chef pour attraper le vent et le libérer ensuite, un chef...

— Pour tracer des pistes, dit Stark. Je veux passer à côté de Thyra, sans être vu.

— Ah, dit-elle en regardant par-dessus l'épaule de Stark. Toi seul ? Ou avec ceux que je vois : des Magiciens Gris des Tours et cinq inconnus.

— Nous tous.

— Sans être vus ?

— Oui.

— Ni entendus ?

— Cela va de soi.

— Mais vous n'êtes pas aussi rapides que nous, ni de pied si léger. Nous pouvons aller là où la chute d'un flocon de neige ferait plus de bruit que nous.

— Néanmoins, dit Stark, nous le tenterons.

Elle se tourna vers les siens.

— Les étrangers et les Hommes Gris veulent passer en secret derrière Thyra. Slaifed ?

Elle trilla le nom. Un homme avança en riant, faisant voler la neige sous ses pieds. Ils étaient petits, ces danseurs de la nuit. Le plus grand d'entre eux n'arrivait qu'aux épaules de Stark.

— Je peux les guider. — Slaifed regarda Stark de bas en haut et ricana : Je peux le faire mais je ne peux pas rendre silencieux vos pieds énormes. Cela, c'est à vous de le faire.

— Et leurs armes, dit la femme. N'oublie pas leurs armes.

— Personne n'oublie d'armes, dit Slaifed avec un rire étrange, aigu, qui fit tressaillir Stark. — Slaifed lui-même ne portait pas d'armes visibles, sauf un couteau semblable à celui que chacun portait pour les besoins de la vie quotidienne. — Suivez-moi, dit Celui-qui-Vivait-Dehors. Si vous le pouvez !

Semblant chevaucher la neige et le vent, il s'enfuit. Les autres membres de la tribu retournèrent à leur danse, à l'exception de la femme qui accompagna Stark. Pendant quelque temps le son aigu du pipeau fut audible. Puis la distance l'effaça.

Les hommes d'Hargoth et les Irnanais avançaient très vite, malgré les doutes de Slaifed. Leurs regards étaient aux aguets, leurs mains sur leurs armes.

La silhouette d'épouvantail dansait devant eux. Les Flammes Sorcières brillaient et étincelaient sous l'auréole lumineuse.

La femme leva un regard oblique sur Stark.

— Tu viens du sud.

— Oui.

— Du sud et cependant pas du sud. — Elle tourna

autour de lui, petit nez levé. Elle marcha à reculons, scrutant les Irnanais. — *Eux* sont du sud. Ils sentent l'odeur de Skaith. — Elle se retourna vers Stark. — Pas toi. Tu sens la poussière du ciel et la nuit sacrée.

Stark pensait ne sentir que le manque d'eau et de savon. Mais il nota l'importance de l'observation... à moins que Ceux-qui-Vivent-Dehors ne fussent doués de double vue.

Il dit :

— Tu as trop d'imagination, petite sœur.

Son regard pesait constamment sur Slaifed, la piste, les montagnes sans cesse différentes. Le son du pipeau avait cessé. Peut-être était-il trop loin pour qu'on l'entende.

— Comment te nomme-t-on ?

— Slee, dit-elle. Sle-e-e... comme le vent frémissant sur une colline.

— Avez-vous toujours été des nomades, Slee ?

— Depuis le commencement. Notre peuple n'a jamais eu de toits pour l'emprisonner. Tout ceci est à nous.

Ses bras étendus englobaient les montagnes et le ciel, les Flammes Sorcières et les Terres Sombres derrière eux.

— Au temps de la Grande Migration nous étions les pilleurs libres qui se nourrissaient de ceux qui vivaient sous des toits.

Stark pensa qu'elle parlait au sens propre et qu'elle en était fière. Elle dansait orgueilleusement, un peu devant lui. Slaifed était encore plus en avant. Cette partie de la piste était assez droite, avec une élévation abrupte et montagneuse à droite et un profond ravin à gauche, au fond duquel se trouvait un torrent glacé. La

montagne pouvait être gravie au besoin, mais avec difficulté.

Environ cent mètres plus loin, la piste contournait un grand roc. Soudain, Slaifed se mit à courir.

Ainsi que Slee.

Ainsi que Stark.

Les mains de Slee étaient sur sa poitrine lorsque Stark la rattrapa, la jeta de côté d'un geste violent de la main, sans s'arrêter. Slaifed regarda derrière lui n'en croyant pas ses yeux. Seuls Ceux-qui-Vivent-Dehors pouvaient courir aussi vite. Toujours courant à la vitesse du vent, Slaifed fouilla le devant de son vêtement. Stark le rattrapa au tournant du rocher. Il enfonça ses doigts dans le cou long et qui n'était que muscles cordés, agrippa le sol de ses pieds et fit un mouvement qui envoya le corps de Slaifed en l'air comme le claquement d'un fouet.

Stark vit le visage incrédule de Celui-qui-Vivait-Dehors ; vit une double rangée de griffes de fer à moitié assujetties sur des doigts maigres tomber à terre. Puis il jeta le corps contre Slee qui arrivait sur lui.

Ses griffes de fer étaient en place, prêtes. Il sentit le métal, encore chaud de sa chair. Puis elle tomba sous le poids mort de Slaifed et Stark, d'un seul geste, la tua. Étendue sur le sol blanc, ses pupilles immenses reflétaient encore la nuit, quoique avec moins d'éclat.

La colonne, menée par les Irnanais, s'était immobilisée. Des armes cliquetaient. Stark effleura sa mâchoire, là où les griffes de Slee s'étaient enfoncées, juste au-dessus du cou. Le sang gelait déjà. Il tira son épée et contourna le promontoire rocheux.

La piste menait tout droit à un poste Thyran. Des rais de lumière filtraient de fenêtres barrées. Il y avait

des hommes sur les murs et sur la tour de garde trapue. Le poste barrait tout le chemin entre les montagnes et le ravin.

Stark retourna en arrière.

Des ombres loqueteuses dévalèrent la montagne pour se jeter, toutes griffes dehors, sur les voyageurs. Ceux-qui-Vivent-Dehors avaient résolu de ne pas passer la nuit à danser dans le vallon. Il y eut une éruption de bruit et de mouvements violents.

Presque instantanément le mugissement rauque de cornes de fer émana du poste de garde.

XIX

Inférieurs en nombre et en armes, Ceux-qui-Vivent-Dehors comptaient sur leur vitesse et leur agilité. Ils sautillaient, allant et venant sur la colline, se mettant hors de portée. Les lanceurs de frondes et de javelots de Kintoth, gênés par l'étroitesse des lieux, durent employer leurs javelots comme des sabres. Ils formèrent un cercle menaçant, protégeant Hargoth et les prêtres. Kintoth fit donner son arrière-garde. Les Irnanais fermèrent leurs rangs. Avec leurs épées et leurs lances, ils étaient les plus dangereux et les agresseurs les évitèrent.

Quelques-uns des attaquants moururent ou furent blessés dans cette première ruée, quelques-uns des Hommes Gris furent tailladés ou jetés au fond du ravin. Ce fut tout. Ceux-qui-Vivent-Dehors menaient une action de retardement afin de disloquer la colonne et la garder aux Thyrans.

Stark rejoignit les Irnanais.

— Qu'y a-t-il devant ? questionna Halk.

Stark le renseigna.

— Combien d'hommes ?

— Je l'ignore. Mais nous sommes dans un piège. Il faut en sortir dans une direction ou une autre.

— Qu'y-a-t-il derrière nous sinon d'autres pièges ? dit Halk.

— Avancez, alors, dit Stark.

Il courut le long de la colonne, criant des ordres à Kintoth. Les hommes se mirent en marche, de plus en plus rapidement. Lorsque Stark revint en tête, ils couraient.

Ils contournèrent la falaise rocheuse et chargèrent à toute allure les soldats Thyrans arrivant du poste de garde.

L'impact disloqua les Thyrans, une douzaine environ de soldats trapus aux bras épais. Stark et les Irnanais, tous de haute taille, se battaient avec l'énergie du désespoir. Leurs lames résonnaient sur le fer. La troupe légèrement armée de Kintoth avait plus de place ici et ses javelots se fichaient dans des gorges et des jambes non protégées. Si ces dix Thyrans et leurs officiers avaient été les seuls, le poste de garde aurait été pris.

Stark et les Irnanais avaient presque atteint la porte lorsque le deuxième groupe émergea, bloc solide de cuir et de métal. C'étaient les hommes au repos. Ils avaient pris le temps de s'équiper et de s'armer.

Boucliers et corps bardés de fer repoussèrent les assauts des épées. Des lames courtes traversèrent des fourrures épaisses. Les sept ou huit hommes valides du premier assaut reprirent le combat, concentrant leurs efforts sur les grands Méridionaux, les repoussant dans les rangs des Hommes Gris.

Les frères tombèrent presque au même instant. Halk tomba à genoux, tenant son côté ; le sang coulait à flots

d'une entaille dans sa tunique. Des bottes lourdes le jetèrent à terre, le piétinèrent. Breca hurla comme un aigle. Sa longue lame décapita proprement un Thyran ; puis elle s'écroula sous un mur de boucliers.

Stark avait perdu de vue Gerrith. Il était parmi les guerriers gris, maintenant. Ceux qui avaient formé un cercle protecteur autour du Roi de la Moisson et de ses prêtres. Ceux-ci, pressés contre la falaise, bras croisés, étaient très calmes. Couvert de sueur et de sang, repoussant les glaives qui le forçaient sans cesse à reculer, Stark cria furieusement à Hargoth :

— Où est ta magie, ô Roi de la Moisson ?

— Où sont tes étoiles ? répliqua Hargoth.

Ses yeux brillaient comme de la glace amère entre les fentes de son masque.

Les Hommes Gris moururent ou furent repoussés dans les griffes de Ceux-qui-Vivent-Dehors qui les tailladaient par-derrière ou les poussaient dans le précipice.

Leurs frondes étaient inutiles ; leurs javelots restants se brisaient sur les cuirasses thyranes. Stark vit un glaive fendre en deux le crâne étroit de Kintoth jusqu'à la mâchoire. Il sentit la falaise contre son dos. Le mur de boucliers avança sur lui. Il porta un coup montant sous les boucliers. La lame s'enfonça, resta dans le corps de l'homme qui tomba. Le mur de fer des boucliers le pressa sans merci, volant l'air de ses poumons. Stark grognait, griffait, mordait, toute humanité perdue dans la douleur et une obscurité grandissante. Les Thyrans étaient invulnérables, impitoyables comme le Temps. Enfin, arrivèrent les ténèbres.

Quand la lumière lui revint, c'était celle du Vieux Soleil rouillant les pierres d'une cour carrée fermée

par des murs épais. Il était dans le poste de garde. Il avait froid, il avait mal, et il avait saigné sur les pierres sur lesquelles il était allongé. Il n'était pas mort et il pensa qu'il n'était pas en train de mourir. Un nom lui vint à l'esprit :

Gerrith.

La peur poignarda son ventre. Il tenta de s'asseoir, découvrit que ses mains étaient liées. Il se demanda si un homme pourrait apprendre à vivre sa vie entière avec des mains liées.

Il ne s'assit pas mais élargit son angle de vision.

Halk était adossé au mur, près de lui. Ses yeux étaient fermés, sa respiration difficile. Son visage était livide, étrangement tiré. Sa tunique ouverte révélait un pansement grossier. Plus loin, Hargoth et ses prêtres étaient assis, groupés. Ils étaient salis, meurtris, mais non blessés ; on leur avait laissé leurs masques. Un soldat les gardait, aux aguets contre des sorcelleries. Ailleurs, leurs guerriers survivants : sept seulement, tous blessés. Tous étaient liés.

Il ne vit pas Gerrith.

Il l'appela et, derrière lui, elle parla :

— Je suis ici, Stark.

Il tenta d'arc-bouter son dos contre le mur et elle essaya de l'aider. Ses mains étaient liées ; elle ne semblait avoir que des meurtrissures ; ses cheveux flottaient sur ses épaules.

— Pourquoi, au nom de tous les enfers de l'espace, as-tu exigé de venir ? demanda Stark.

Il était furieux contre elle.

Beaucoup d'activité régnait dans la cour ; presque une atmosphère de fête. Les soldats thyrans s'affairaient. Leurs morts et leurs blessés furent étendus sur

des civières. Corbeaux loqueteux, un groupe de Ceux-qui-Vivent-Dehors se tenait près d'une porte, saisissant avidement les ballots de provisions qu'on lui distribuait. Sans doute la récompense de la trahison.

L'un d'entre eux vit que Stark avait repris connaissance. Il s'approcha et le regarda avec un plaisir sinistre. C'était le musicien. Stark aperçut le pipeau sous ses vêtements hétéroclites.

— Pourquoi ? fit Stark.

— Ils nous ont dit de te guetter et à quoi tu ressemblais. Ils ont promis de nous payer. Mais nous l'aurions fait pour rien.

Les pupilles contractées de ses yeux ne reflétaient maintenant que de la haine.

— Pourquoi ? dit encore Stark.

— Les étoiles sont sacrées, dit le joueur de pipeau. Ce sont les yeux de la Déesse. Quand nos âmes s'envolent les yeux étincelants les voient et les bras de la Déesse s'ouvrent pour les accueillir. Tu veux souiller les étoiles et nous voler toute joie.

Avec lassitude, Stark dit :

— Je crois que vous ne comprenez pas.

Normalement, il était tolérant envers les croyances tribales ; mais il ne ressentait pas de sympathie pour Ceux-qui-Vivent-Dehors.

— Les étoiles sont déjà souillées. Ce ne sont que des soleils, comme celui au-dessus de ta tête. Des mondes tournent autour d'elles, comme celui-ci, sous tes pieds. Des hommes vivent sur ces mondes. Ils n'ont jamais entendu parler de vous, ni de votre stupide Déesse. Les vaisseaux stellaires volent entre ces mondes. Tout cela se passe là-bas, à cet instant même, et vous n'y pouvez rien.

Le musicien ne portait pas que son pipeau. Une main incroyablement rapide fouilla ses vêtements. Des griffes acérées se levèrent, prêtes au coup mortel et Stark eut juste le temps de penser qu'il eût mieux fait de se taire. Puis un poing poilu serra le bras décharné du musicien ; un officier Thyran, une torque de fer autour du cou, dit avec bonne humeur :

— Tu les laisses tomber ou je te casse le bras ?

Le musicien remua les doigts ; les griffes claquèrent sur les pierres.

— Celui-ci vaut davantage vivant, dit le Thyran en lâchant prise. — Il essuya sa main sur ses chausses. — Va-t'en, ordure.

Le musicien ramassa ses griffes et obéit. Ceux-qui-Vivent-Dehors sortirent en file par la porte, jetant aux captifs des regards ricanants et haineux. Soudain, Stark se redressa et regarda autour de lui.

— Je vois vos morts, dit-il au Thyran. Je ne vois pas les nôtres.

— Ne t'en soucie pas. Ceux-qui-Vivent-Dehors les enseveliront... dans leurs estomacs.

Le Thyran le regarda avec attention.

— Nous avons eu bien du mal à éviter de te tuer.

— Pourquoi cela ?

— C'était l'ordre. Mort si nécessaire ; vivant si possible, double récompense. Même chose pour la femme et pour cet homme. Les autres... — Il haussa les épaules. — Ils pouvaient mourir.

Halk avait ouvert les yeux.

— Breca était ma compagne. Les hommes étaient mes camarades. C'était juste ; nous vous avons attaqués. Mais les donner à cette vermine comme...

Il ne put finir la phrase. La rage l'étouffait. Par mira-

cle, il se mit debout, chercha la gorge du Thyran de ses mains liées. Sa blessure le trahit. Il retomba, fixa Stark d'un regard à demi aveugle, rempli d'une haine mortelle.

— Des prophéties ! dit-il. Un sanglot terrible secoua son corps tout entier et il s'évanouit.

Stark regretta de n'avoir pas laissé Halk et les autres dormir du sommeil de la Déesse dans les chariots d'Amnir.

Hargoth et les prêtres l'observaient et ce regard aussi lui était insupportable bien qu'il n'eût jamais demandé qu'ils lui fassent confiance. Il demanda au Thyran :

— Qui sont ceux qui vous ont donné ces ordres et qu'est-ce qu'on attend ?

— Tu feras bientôt leur connaissance, sourit le Thyran. Et nous attendons des renforts de la ville pour garder le poste tandis que nous partirons avec vous et nos blessés. Tu nous as privés de trop d'hommes.

Il y avait une seconde porte dans les murs, en face de celle par laquelle Ceux-qui-Vivent-Dehors étaient partis. Deux soldats étaient postés sur ce mur, surveillant les environs. Le Thyran leur jeta un coup d'œil et se mit à rire :

— Tu voulais que cette vermine te montre un chemin autour de Thyra. Il n'y en a pas. Nous gardons chaque piste, chaque approche. Pas un souffle de vent ne peut nous échapper. Autrement, n'importe qui pourrait entrer et grignoter notre richesse. — Il donna un coup de pied à Stark et scruta le sang séché qui était visible. Puis il recula, se tourna vers Hargoth.

— Je ne crois pas du tout qu'il vient des étoiles. Ce n'est que de la viande, comme nous tous. Et pas bien malin non plus, de s'être allié aux Vers Gris. Un joli

rassemblement pour se vanter d'aller voler dans le ciel !

Son visage large rayonnait de stupidité satisfaite et sublime. Stark éprouva de la haine.

— N'es-tu pas seulement curieux ? Il y a un million de mondes dans l'espace, avec plus de merveilles que je ne pourrais t'en décrire en un million d'années et tu n'as même pas une question à poser ?

Le Thyran haussa ses épaules bardées de fer.

— Que me chaut ce qu'il y a là, dehors ? Que puis-je trouver de plus que ce que j'ai déjà à Thyra ?

Il s'éloigna.

— Eh bien, dit Stark, à cela il n'y a pas de réplique.

Infiniment las, il s'adossa au mur.

— Que dis-tu maintenant, Femme Sage ?

Hargoth ne lui laissa pas le temps de répondre.

— Il fallait aller au sud. Au sud ! Là où sont les vaisseaux.

— L'Enfant du Printemps t'a indiqué le nord.

— Un faux augure. Un châtiment. A cause de ton désir de cette femme tu as volé son offrande au Vieux Soleil. Il nous a envoyé une malédiction au lieu d'une bénédiction.

Les huit autres prêtres opinèrent avec solennité. Neuf paire d'yeux malveillants le percèrent.

— Tu n'es pas l'Homme Promis.

— Je n'ai jamais prétendu l'être, dit Stark. Est-ce à cause de votre colère que vous n'avez pas employé la magie pour nous aider ?

— La Déesse ne nous envoie pas le pouvoir comme un éclair de foudre. C'est une magie lente. Le temps nous a manqué.

— Vous avez le temps, maintenant.

Hargoth dit, impatiemment :

— Comment observer le rituel ? Comment nous tenir debout, penser ce que nous devons penser ? Tu sais peu de choses sur la sorcellerie.

Stark en savait assez pour ne pas compter dessus. Il ne poursuivit pas le dialogue.

— Aie foi, dit doucement Gerrith.

— La foi ? dit Stark. Va-t-elle nous gratifier d'un autre miracle ne menant nulle part ?

Les gardes sur le mur crièrent. Stark entendit au loin les tambours de marche. Bientôt les renforts entrèrent. Le poste changea de mains. Les soldats partants formèrent les rangs. On souleva les civières. Sans douceur, on fit mettre les captifs debout.

Halk avait repris connaissance. Deux fois il tomba tandis qu'une botte Thyrane l'incitait à se lever. Stark leva ses mains liées et jeta le soldat bardé de fer contre le mur.

— Il lui faut une litière, dit Stark. Et ne tire pas ton glaive. Je vaux deux fois plus vivant ; tes officiers ne te sauront pas gré de les avoir dépossédés.

A moitié hors du fourreau le glaive hésita. L'officier à la torque de fer s'approcha.

— Rengaine, dit-il au soldat.

Puis il frappa Stark au visage, d'un revers de main.

— Tu présumes trop de ta valeur.

— Il lui faut une civière, dit Stark.

Jurant que non, Halk essaya de se relever et retomba une troisième fois. L'officier appela des porteurs de civière.

— Et maintenant, avancez !

Il poussa Stark dans le rang.

Les tambours reprirent leur rythme mesuré. La compagnie sortit du poste.

De ce côté du poste de garde la route passait sous le flanc d'une crête empêchant de voir ce qu'il y avait au-delà. Puis, après un tournant, le paysage devenait spectaculaire.

Les Flammes Sorcières se dressaient dans le ciel, reflétant les lueurs maussades du Vieux Soleil. A leur pied, couvrant une partie des collines et s'étendant sur une large vallée, il y avait une ville en ruine.

Elle avait d'abord dû être, pensa Stark, une forteresse au temps où guerriers et caravanes franchissaient la passe des Flammes Sorcières, cette enclave entre les pics. Ensuite elle était devenue ville, puis métropole ; pour finir par mourir en silence, cadavre écrasé par le vent, le gel, et le temps sans fin. Sa forme originelle disparut : sous les montagnes il ne restait qu'une immense masse sombre et bossue.

Puis, de quelque part, les Thyrans étaient venus. Les hommes de Strayer, le Peuple du Marteau. Et la ville avait trouvé une vie nouvelle. Dans la lueur rousse du jour la gardienne de la passe semblait garder les portes de l'enfer. Tout autour de la base de la ville, dans ses flancs laids et ses ruines, il y avait des fumerolles d'où montaient des plumes de fumées et des éclairs rouges et vibrants.

— Les forges ne refroidissent jamais, dit l'officier Thyran. Nous sommes tous des forgerons, tous des soldats. Nous travaillons et nous veillons, ainsi que Strayer nous l'a enseigné.

Existence peu attrayante. Mais Stark se garda de le dire. Sa bouche, à l'intérieur, saignait encore.

Deux heures de marche les amenèrent dans la ville neuve.

Elle manquait de beauté. Quelques-unes des demeures étaient souterraines ; d'autres ne l'étaient que partiellement. D'autres encore, construites avec des pierres et des ruines amenées de la vieille ville étaient basses, trapues, avec très peu de fenêtres afin de se défendre du froid.

Un réseau désordonné de ruelles glacées passait entre les habitations. Il y avait des enclos pour les animaux. Près de ces enclos un groupe d'hommes hirsutes menant des bêtes céda la place aux soldats. Leurs visages crasseux contemplèrent les captifs. Les bêtes portaient de lourds ballots de lichens séchés.

Il y avait beaucoup de fumée. Le son sourd du martèlement ressemblait à d'énormes battements de cœur. D'immenses piles de ferraille se dressaient par endroits. Au-dessus de tout se trouvait la vieille ville, montagne désordonnée cachant en partie les Flammes Sorcières. Des siècles durant, les Thyrans avaient grignoté et creusé la montagne, taillant des cavernes, ouvrant des bouches sombres dans les entrailles profondes des ruines. Stark pensa à une communauté de rats vivant dans le plus grand dépôt de ferraille du monde. Si les Thyrans pouvaient récupérer même une petite partie des innombrables tonnes de métal enterrées dans ce dépôt, ils auraient de quoi s'occuper pendant encore un millénaire.

La troupe pénétra dans ce qui était manifestement la voie principale ; elle était beaucoup plus large que les ruelles, et presque droite.

Les tambours devinrent plus vifs ; l'allure des hommes, plus martiale. Des gens affluaient pour les voir

passer. Ils étaient presque tous lourds et trapus ; quoique quelques individus aux silhouettes et au teint différents témoignaient d'un apport de sang extérieur. Les femmes n'étaient pas plus attrayantes que les hommes. Stark n'avait aucune idée du physique des femmes des Tours, mais elles ne pouvaient guère être plus laides que les Thyranes. La population hélait les soldats, se pressait pour mieux voir les prisonniers. Les enfants vêtus de fourrures criaient des injures, lançaient des projectiles.

Les soldats repoussaient les curieux avec bonne humeur et une force capable de briser des os. Le rythme des tambours continua sans interruption. La troupe avança le long de la voie droite, jusqu'à la Maison de Fer.

Les murs sombres de la Maison de Fer étaient polis comme un bouclier. Le toit métallique luisait sous les rayons roux du Vieux Soleil. Douze hommes montaient la garde devant de massives portes de fer frappées du signe du Marteau. La Maison était rectangulaire, mesurant environ trente mètres de long sur quinze de large, la longueur allant du nord au sud. Les portes se trouvaient côté sud. A l'extrémité nord, il y avait des ailes plus basses faites de pierres et de ruines.

Les tambours roulèrent longuement. Les lourdes portes s'ouvrirent. La troupe entra dans une salle immense.

Des feux brûlaient dans des fosses, libérant chaleur et fumée. A l'extrémité de la salle se trouvait une plateforme, avec un siège haut et plusieurs sièges d'honneur. Le siège principal était en fer, lourd, carré, sans grâce, sans ornements. Un homme portant un collier pectoral de fer y était assis ; il était également fort,

carré, dénué de grâce. Le pectoral sur sa poitrine épaisse était en forme de marteau.

Il y avait d'autres hommes sur les sièges d'honneur. Sans aucune surprise Stark vit que l'homme assis à la droite du trône était Gelmar de Skeg.

XX

Des hommes pénétrèrent dans la salle à la suite des soldats. Les plus importants se frayèrent un passage afin de prendre leur place sur le podium ou juste au-dessous, selon leur rang. Les autres remplirent la salle. Les femmes restèrent au-dehors ; les jeunes garçons qui s'étaient faufilés à l'intérieur furent littéralement jetés dehors. Les portes de fer résonnèrent en se fermant. Comme obéissant à un signal les assistants hurlèrent :

— Strayer ! Strayer et les forges !

Martelant le sol du pied, tapant sur leurs armes, ils crièrent encore :

— Strayer !

Après ce cri rituel un silence se fit, entrecoupé de respirations lourdes, de toux, de froissements. L'air enfumé se chargea d'un relent de chaleur, de sueur, de laine, de fourrure, de cuir.

Un espace dégagé avait été maintenu autour des soldats. L'officier tira son glaive, salua de la garde.

— Voici les captifs, Maître du Fer.

Le Maître du Fer portait une toge pourpre, finement tissée. L'étoffe avait dû venir du sud dans les chariots

d'Amnir ; l'étoiffe locale était grossière et non teinte. Il inclina sa tête grise et le glaive fut remis au fourreau.

Le Maître du Fer se tourna vers Gelmar.

— Ce sont ceux que tu désirais ?

Gelmar se leva, descendit de la plate-forme. Sa tunique était rouge sombre, comme à Skeg, et il portait sa baguette. Il avança sans hâte, regardant Stark avec une délibération froide. Sur la plate-forme se trouvaient trois Hérauts de moindre rang, en vert. L'un d'eux, sur le siège à côté de Gelmar, avait au visage une cicatrice profonde allant du front à la mâchoire. La blessure l'avait à moitié aveuglé. Quoique refermée, elle était encore très enflammée. Cet homme se penchait en avant, comme un fauve prêt à bondir.

Gelmar plongea son regard dans celui de Stark, qui n'y lut pas le triomphe auquel il s'attendait mais une férocité glacée et terrible.

— Je connais cet homme, dit Gelmar. Quant aux autres...

Il fit signe à l'homme blessé.

— Vasth ?

Vasth descendit, scruta le visage de Gerrith.

— Il y avait deux femmes, dit l'officier Thyran. L'une s'est battue comme un homme. Une porteuse de bouclier, nous a-t-on dit. Ces Méridionaux défient toute moralité en permettant aux femmes de tenir l'épée. Nous avons été contraints de la tuer.

— Peu importe, dit Vasth. Cette femme est Gerrith, fille de Gerrith. Et cet homme... — Il se tourna vers Halk, couché sur sa civière. — Cet homme est Halk, un rebelle, un assassin d'Hérauts. J'ai un souvenir de lui.

— Il passa un doigt sur sa cicatrice. — Je lui dois cela.

— Dommage que ma main ait manqué de force, dit Halk. — Il avait mal supporté le voyage. Il regarda Gelmar. — Qu'en est-il d'Irnan ?

— Irnan est tombée, dit Gelmar, cruellement. Tous vos efforts ont été vains.

— Et Ashton ? demanda Stark.

— Quand j'ai quitté la Citadelle, dit Gelmar avec un sourire sauvage, les Seigneurs Protecteurs délibéraient de son sort. La décision aura été prise, maintenant. Peut-être qu'il vit ; peut-être est-il mort. Je ne puis le dire. Mais tu le sauras bientôt.

Il se tourna vers Hargoth et ses prêtres.

Stark fit un mouvement violent et fut immédiatement maîtrisé. Gelmar ne lui prêta pas attention.

— Tu étais avec ces rebelles, Hargoth. Tu venais nous attaquer à la Citadelle. Pourquoi avez-vous commis cette folie ?

— Parce que nous voulons être libres d'aller aux étoiles.

Hargoth avait gardé son orgueil. Sa tête étroite était aussi haute que jamais ; ses yeux défiaient Gelmar.

— Stark et la Fille du Soleil nous ont dit que les Hérauts l'interdisaient et qu'en conséquence nous devions vous détruire. Nous avons cru un augure ; nous les avons crus. Mais c'étaient de faux prophètes. Ils ont refusé d'aller dans le sud, là où sont les vaisseaux. A cause de leurs désirs charnels, ils ont volé le Vieux Soleil. Et parce que nous les avons crus nous avons été châtiés.

Gelmar inclina la tête. Il dit :

— Les vaisseaux ont quitté le sud, Hargoth. Comprends-tu ?

— Je comprends.

— Les vaisseaux sont partis. Les étrangers sont partis. Les idées étrangères aussi. Les routes stellaires sont fermées. Notre destin, immuable, est lié à Skaith et au Vieux Soleil. Comprends-tu cela ?

— Je comprends, dit Hargoth avec la lassitude mortelle du désespoir.

— Alors va le dire à ton peuple, Hargoth.

Hargoth inclina la tête.

Gelmar s'adressa à la plate-forme, à l'homme vêtu de pourpre qui souriait, satisfait de l'humiliation des Hommes Gris des Tours.

— Ouvre tes portes, Maître du Fer. Laisse-les partir.

— Je préférerais les faire exécuter, dit le Maître du Fer.

Il haussa les épaules et donna un ordre.

Prêtres et guerriers se mirent en rang. Des vaincus, acquiesçant non avec patience mais avec colère.

— Attendez, dit Hargoth.

Il se tourna vers Gerrith.

— Tu as prophétisé pour moi, Fille du Soleil. Je prophétise pour toi. Ton corps nourrira le Vieux Soleil, bien que ce ne sera pas notre offrande d'adieu.

L'expression de Gerrith avait changé. Durant la marche depuis le poste de garde elle avait paru épuisée. Maintenant elle paraissait écouter attentivement une voix intérieure. Cependant elle entendit Hargoth et lui répondit :

— C'est possible. Mais ton peuple devra se trouver un nouveau Roi de la Moisson car tu n'es pas digne de

le guider. Tu jettes les osselets et tu prophétises mais tu ne distingues pas le vrai du faux. — Elle redressa la tête et dit d'une voix forte : Irnan n'est pas conquise. Les vaisseaux n'ont pas quitté Skaith. Les routes stellaires sont ouvertes. Le temps nouveau est en marche et les Hérauts ont peur. Finalement...

Vasth la frappa, cruellement. Du sang jaillit de sa bouche ; elle tomba dans les bras d'un soldat Thyran qui la tint gauchement.

— Nous sommes las des Femmes Sages, dit Vasth.

La salle était devenue étrangement silencieuse. Dans ce silence Gelmar dit doucement à Hargoth :

— Veux-tu partir ?

Hargoth fit demi-tour et sortit, suivi de ses prêtres et du restant de ses guerriers.

Gelmar frappa dans ses mains.

Des hommes entrèrent par une porte de côté dissimulée par un rideau de cuir. Ils portaient des tuniques jaunes et de riches colliers de métal brillant. Ils étaient d'une race que Stark n'avait pas encore vue ; il y avait bien des choses qu'il n'avait pas encore vues sur Skaith... C'étaient des hommes très beaux, admirablement proportionnés, aux visages aquilins presque trop parfaits. Ils se ressemblaient au point qu'il était difficile de les distinguer, sauf par la couleur de leurs cheveux. Elle allait du noir à un blond-roux mais tous avaient des yeux couleur de cuivre. Des yeux trop écartés, trop longs, avec une particularité étrange. Des yeux de statue, ressemblant parfaitement à des yeux vivants mais néanmoins sans vie, brillants mais sans profondeur. Stark en fut surpris.

Comme s'ils n'avaient pas besoin d'ordres, deux d'entre eux se chargèrent de la civière de Halk. Un

autre soutint Gerrith. Deux de plus remplacèrent les soldats Thyrans aux côtés de Stark. Ils avaient des poignards à la ceinture et des muscles longs et puissants se devinaient sous leurs tuniques. Un sixième homme était présent. Ce fut à lui que Gelmar parla :

— Prends-les et garde-les bien.

Stark vit très nettement le visage de Gelmar, ses marques, sa tension, sa lassitude. Une partie de son assurance orgueilleuse était restée à jamais dans la mer où Stark l'avait entraîné.

— Gerrith a raison, dit Stark. Tu as peur.

Les hommes de Gelmar les faisaient avancer à ce moment-là et Gelmar ne réagit pas. En dehors du petit groupe, les paroles de Stark n'avaient pas été entendues. Mais Stark savait qu'il avait dit vrai.

Des temps nouveaux étaient arrivés, des temps que les Hérauts ne pouvaient ni contrôler ni comprendre. Leur pouvoir millénaire était menacé. Ils devaient le défendre à tout prix, ou le perdre à jamais.

Et ils le défendraient de toutes leurs forces. La peur et l'incertitude ne les rendraient que plus dangereux. Et elles avaient peut-être déjà provoqué la mort d'Ashton.

Les captifs furent conduits dans une des ailes de la Maison de Fer, jusqu'à une pièce grossièrement meublée de nattes de couchage et de quelques tabourets. Les Thyrans n'avaient pas le goût du luxe mais les nattes au moins offraient quelque confort.

Les six hommes en tunique jaune restèrent, tous les six, pour garder une femme et deux hommes, dont l'un grièvement blessé. Stark y mesura leur importance.

Gerrith, encore assommée, tentait d'essuyer son visage ensanglanté. Halk dit :

— Gerrith, ce que tu as dit d'Irnan... c'est vrai ?

Répondant pour elle Stark dit, durement :

— Bien sûr que c'est vrai. Sinon, pourquoi nous voudraient-ils vivants ? » Si la rébellion était réellement matée nos cadavres auraient suffi.

D'une voix étrangement douce un des hommes aux yeux brillants dit :

— Ne parlez pas.

Halk ne lui prêta pas attention. Il semblait avoir retrouvé un peu de force et même d'enthousiasme.

— Oui, je vois. Si Irnan tient toujours peut-être que d'autres villes-états se sont jointes à elle.

Il s'interrompit avec un gémissement de douleur. L'homme le plus proche avait donné un coup de pied dans la civière.

Dans ce cas, pensa Stark, il ne suffirait pas aux Hérauts d'annoncer que la Femme Sage, l'Homme Sombre, et les chefs de la rébellion étaient tous morts et que la prophétie était mensongère. Ils devaient en fournir des preuves, dûment authentifiées. Gerrith en vie, l'Homme Sombre en vie, un des chefs rebelles en vie — tous captifs des Hérauts, preuves vivantes que la prophétie était fausse et les Seigneurs Protecteurs invincibles. Gelmar et les siens pouvaient garder les captifs en cage pour le reste de leurs vies, les traînant sur toutes les routes de Skaith. Ou bien une fin exemplaire et publique pouvait leur être réservée, une fin dont la population se souviendrait des générations durant.

Ensuite, si la poursuite de la révolte dépendait de la réalisation de la prophétie, la rébellion céderait très vite. Irnan tomberait et tout serait terminé. Du moins, pour le présent.

Les Hérauts croyaient de toute évidence que l'espoir

soutenait la rébellion. Stark était du même avis. Non parce que les Irnanais étaient sottement superstitieux mais parce que si la Citadelle et les Seigneurs Protecteurs n'étaient pas détruits, Irnan ne pourrait tenir seule contre les Errants et les troupes mercenaires que les Hérauts enverraient à l'assaut. Ses alliés actuels ou potentiels parmi les villes-états l'abandonneraient. Jerann lui-même avait dit que les autres villes attendraient les événements.

La Citadelle et les Protecteurs. Tout se rapportait à eux. Ils symbolisaient la permanence du pouvoir sacré, inchangé, invisible et à jamais inviolé.

Le pouvoir qui devait maintenant avoir prononcé la sentence d'Ashton.

Était-ce un pouvoir contre lequel un homme pouvait lutter, même s'il était libre ?

Stark regarda ses poignets. Les liens de cuir étaient trempés de son sang. Les six hommes, aux aguets, remplissaient la petite pièce. Ils avaient certainement ordre de ne pas le tuer. Mais il y a des choses pires que la mort.

Six hommes entre lui et la porte. Au-delà de la porte, la Maison de Fer, puis Thyra. Chaque porte et chaque passage gardés. Pas un souffle de vent ne pourrait passer...

Halk avait réfléchi.

— Pourquoi Gelmar mentirait-il à Hargoth ?

A nouveau, le pied cogna la civière.

Stark répliqua rapidement, surveillant le garde le plus proche :

— Pour éviter que le Peuple des Tours marche vers le sud...

Il évita le premier coup, doigts durs prêts à s'enfoncer dans sa gorge.

— ... en chantant *l'Hymne de la Délivrance.*

Il n'essaya même pas d'éviter le second coup mais saisit les doigts cruels entre ses dents.

Il apprit quelque chose. Ces êtres trop parfaits n'étaient pas des automates. Ils saignaient.

Tout comme lui.

Après un moment un guérisseur vint, un Thyran vêtu d'une tunique fort sale. La chaîne de sa profession pendait à son cou et deux jeunes garçons le suivaient, portant des onguents et des chiffons. Le guérisseur pansa leurs blessures, consacrant de longues minutes à Halk avec force récriminations contre le fait de perdre son temps et sont talent avec un non-Thyran qui mourrait probablement de toute façon. Quand il eut terminé des serviteurs vinrent les nourrir. Ensuite on leur enjoignit de se reposer avant le voyage. Gelmar semblait fort pressé.

La chambre était étouffante. Les corps puissants des hommes en tunique jaune étaient oppressants dans cet espace réduit. Leur odeur répugnait à Stark : c'était celle des serpents. Néanmoins, il parvint à dormir jusqu'à ce que des hommes entrent, apportant pour eux des fers fraîchement issus des forges de Strayer. L'homme à la main mordue tint son poignard contre le ventre de Stark pendant qu'on mettait les fers ; son visage était resté absolument sans expression et n'avait trahi aucune douleur.

Gerrith semblait sortir d'un rêve pénible. Elle prenait soin de ne pas regarder Stark.

Quand le Flambeau du Nord fut au-dessus des pics on les mena dans un enclos à côté de la Maison de Fer.

Des hommes et des bêtes y attendaient. Les bêtes étaient petites, avec un long pelage hirsute tombant jusqu'à terre et des cornes acérées dont la pointe portait un pommeau de métal pour empêcher qu'elles ne se crochent. Les hommes qui les menaient portaient d'épais vêtements de cuir doublés de fourrure. On ne voyait que leurs yeux entre leurs lourds bonnets et leurs barbes épaisses et en désordre. Les barbes étaient piquées de blanc, comme s'il avait neigé dessus, mais cela n'était pas signe de vieillesse. Stark devina que ces hommes étaient des Harsenyi, au service des Hérauts.

Pendant un instant les captifs furent proches les uns des autres et Gerrith parvint à effleurer la main de Stark et à lui sourire. Un étrange sourire. Comme un sourire d'adieu.

XXI

Les bêtes remuaient et soufflaient des vapeurs blanches dans l'air glacial. Stark et Gerrith furent mis en selle avec un garde à pied de chaque côté. Halk fut couché sur une civière de voyage accrochée entre deux des bêtes. La plupart du temps il paraissait sans connaissance ou endormi. Néanmoins on lui avait mis des menottes comme aux autres et un garde se tenait à la tête de la civière.

Gelmar, en cape et capuchon de voyage, se pencha sur Halk, le doigt sur le pouls de sa gorge.

— Couvre-le bien, dit-il à l'homme beau près de la civière. S'il arrive vivant à la Citadelle, nous pourrons le guérir.

Le beau garde impassible portait maintenant épée et poignard par-dessus une somptueuse tunique de voyage. Soigneusement, il couvrit Halk avec des fourrures.

Gelmar et les Hérauts de moindre rang se mirent en selle. Leurs serviteurs, douze en tout, s'alignèrent le long de la colonne, marchant près des Harsenyi mais les méprisant visiblement.

Une escorte militaire Thyrane arriva, battant l'inévi-

table tambour. La cavalcade se mit en marche, se dirigeant vers le nord et l'éclat nocturne des Flammes Sorcières. Les Thyrans l'escortèrent au-delà du poste de garde puis saluèrent et retournèrent à la ville dans un fracas de fer et de roulements de tambour.

La piste menait lentement au sommet des montagnes. Quelque part sur l'autre versant se trouvait la Citadelle. D'une certaine manière, pensa Stark, y arriver serait plus facile qu'il ne l'eût cru. Au moins il n'avait pas à s'inquiéter des Chiens du Nord.

Aucun chariot n'avait pris cette piste depuis des siècles et elle était étroite. Les petits sabots durs des bêtes martelaient avec régularité le sol gelé. Le ciel était peint de couleurs admirables. Il faisait suffisamment clair pour voir nettement les formes dont la passe était remplie.

A travers les âges, les forces du vent et de l'eau, du gel et du dégel, avaient sculpté le roc. Gainées de glace, dans la clarté du ciel nocturne, les sculptures semblaient vivantes. D'immenses visages aux yeux profonds observaient les voyageurs. D'énormes tours s'élançaient ; des ailes démoniaques s'ouvraient au-dessus des minuscules humains passant sous elles. Dans les endroits plus larges où des couches plus légères avaient été érodées, des foules entières de formes encapuchonnées semblaient se chuchoter des secrets. Le vent du haut nord balayait la passe, sifflant, chantant, parlant aux créatures étincelantes qu'il avait contribué à créer.

La raison humaine de Stark lui disait que ces monstres n'étaient que des rocs érodés. Son cerveau le savait. Ses entrailles disaient le contraire. Et ses sens

aiguisés de fauve lui disaient que des créatures qui n'étaient pas de pierre se trouvaient à proximité.

Les enfants de Skaith-Notre-Mère ?

Il ne voyait rien mais un régiment eût pu se dissimuler dans les sinuosités du roc. Cependant les Hérauts, leurs serviteurs et les bêtes elles-mêmes avançaient avec assurance. S'il se trouvait quelque chose ici, ils y étaient habitués et n'en avaient pas peur.

Les fers pesaient lourdement sur les poignets de Stark. Le ciel s'illumina. Blanc, pur comme des ailes d'ange. Vert pâle, délicat comme l'eau des rives. Rouge comme des roses enflammées. Par moments, les rideaux étincelants s'ouvraient pour dévoiler les ténèbres de velours, dans lesquelles flamboyait l'étoile d'émeraude.

Gerrith chevauchait devant lui, tête penchée comme si elle allait vers une épreuve. Il souhaita savoir ce qu'elle avait rêvé.

Enfin, juste sous le sommet, du côté droit de la passe, il vit un haut rocher tellement incliné en avant qu'il semblait sur le point de tomber. Le rocher avait la forme d'un homme grand et mince dans l'attitude de la prière. A sa base, des groupes irréguliers de silhouettes encapuchonnées semblaient l'écouter.

Dans l'ombre et la lumière alternées du ciel, trois des silhouettes se détachèrent des pierres et se tinrent au milieu de la passe, barrant la route. Et alors les bêtes reniflèrent et renâclèrent. La cavalcade s'immobilisa sous l'homme incliné.

Gelmar avança seul.

— Kell à Marg, dit-il. Fille de Skaith.

Sa voix était sans expression, comme s'il la contrôlait avec effort.

— Fenn. Ferdic.

Les silhouettes étaient protégées du vent par des capes mais, à part un diadème d'or ciselé, elles étaient nu-tête. Celui de la première silhouette était serti d'un immense joyau sombre. Les visages avaient quelque chose d'étrange.

Kell à Marg dit :

— Gelmar.

La voix était cristalline. Une voix de femme, impérieuse malgré sa musicalité, timbrée de l'arrogance innée du pouvoir absolu. « Un adversaire digne de Gelmar », pensa Stark. Il avait compris pourquoi les visages étaient étranges. Ils étaient recouverts d'une fine fourrure blanche et leurs traits, quoique agréables, étaient subtilement différents des traits humains — le nez mal défini, les mâchoires proéminentes. Les yeux de la femme étaient aussi grands, aussi sombres et aussi étincelants que le joyau de son diadème. Les yeux d'une créature de la nuit...

Elle dit à Gelmar :

— Tu pensais passer à travers nos montagnes sans t'arrêter ?

— Fille de Skaith, dit Gelmar et une trace d'irritation colorait maintenant sa voix, notre mission est urgente et notre temps compté. Je te remercie de cet honneur mais...

— Ce n'est pas un honneur, dit Kell à Marg.

Elle regarda les captifs derrière Gelmar.

— Ce sont les malfaisants que tu recherchais ?

— Kell à Marg...

— Tu l'as proclamé dans tout le nord. Il n'est pas étonnant que nous le sachions. Même dans nos cavernes profondes nous ne sommes pas sourds.

L'irritation se fit plus marquée.

— Kell à Marg, je t'ai dit...

— Tu m'as dit qu'une menace pesait sur Skaith, un danger nouveau, étrange, que seuls vous autres de la Citadelle pouvaient écarter. Tu me l'as dit parce que je t'ai questionné... les Harsenyi nous avaient apporté des rumeurs que nous ne pouvions comprendre.

— Vous n'aviez pas à vous inquiéter.

— Tu présumes de trop, Gelmar. Tu veux régler l'avenir tout entier de Skaith-Notre-Mère sans nous consulter, nous ses Enfants.

— Le temps presse, Kell à Marg ! Je dois emmener ces gens dans le sud dès que possible.

— Il te faudra prendre le temps, dit Kell à Marg.

Il y eut un silence. Le vent du haut nord ricana. Les formes encapuchonnées écoutaient docilement la prière sans fin de l'homme incliné.

Gelmar dit :

— Je te supplie de ne pas intervenir.

Son irritation était devenue du désespoir. « Il connait cette femme, pensa Stark. Il la connaît, la craint, la hait. »

— Je comprends ces gens, je sais ce qu'il faut en faire. Je t'en prie, laisse-nous passer.

Le sol trembla légèrement. Au-dessus de leurs têtes l'homme incliné parut se balancer.

— Kell à Marg !

— Quoi donc, Héraut ?

Un second frémissement du sol. Des cailloux tombèrent en pluie. L'homme incliné se pencha davantage. En toute hâte les Harsenyi et leurs bêtes tentèrent de s'éloigner de sous ces tonnes de pierres.

— Très bien ! dit furieusement Gelmar. Je prendrai le temps !

Kell à Marg dit d'une voix rapide :

— Les Harsenyi peuvent entrer et attendre à l'endroit accoutumé.

Elle tourna les talons, marcha d'un pas souple et onduleux vers la falaise. Entre les statues de pierre il y avait un passage. Elle le prit avec Fenn et Ferdic, docilement suivie par la cavalcade. Le dos raidi de Gelmar proclamait une rage impuissante.

Gerrith s'était redressée, tête haute et fière. Stark éprouva une crainte qui n'avait rien à voir avec les Enfants ni avec la falaise qui allait les engloutir ; cette crainte-là était autre. Il se demanda ce que Gerrith savait et pour la millième fois maudit les visions prophétiques.

De la civière vint la voix de Halk, faible mais toujours sarcastique :

— Je t'avais averti. Tes paroles ne te feraient pas échapper à la réalité des Enfants !

Une immense plaque de pierre s'ouvrit dans la falaise, glissant souplement sur ses axes. La cavalcade entra, la porte se referma.

Kell à Marg rejeta les pans de sa cape.

— Je déteste tellement le vent ! dit-elle en souriant à Gelmar.

Ils étaient dans une grande caverne, où les Harsenyi venaient habituellement commercer avec les Enfants. Des lampes brûlaient dans l'air tranquille ; leur huile avait un parfum sucré. Les murs étaient grossiers, le sol inégal. A l'extrémité opposée à l'entrée se trouvait une seconde porte.

— Les Hérauts de rang inférieur ne seront pas

nécessaires, dit Kell à Marg. L'homme blessé est inutile, qu'il reste ici. Ces deux-là... — Elle désigna Stark et Gerrith. — La Femme Sage et celui qu'on appelle l'Homme Sombre. Je les veux. Et bien entendu, Gelmar, j'ai besoin de tes avis.

Les Hérauts verts acceptèrent leur humiliation de mauvaise grâce. Vasth eut un regard venimeux mais tint sa langue. Gelmar serrait les dents. Il dominait sa fureur avec difficulté.

— Il me faut des gardes, dit-il sèchement. Cet homme, Stark, est dangereux.

— Même enchaîné ?

— Même enchaîné.

— Quatre de tes créatures, alors. Bien qu'il ne puisse espérer s'évader de la Demeure de la Mère.

La cavalcade mit pied à terre. Kell à Marg attendait, à l'aise, avec ses deux aides de camp. Instinctivement, Stark sut qu'elle ne se tenait pas souvent ainsi dans cette caverne extérieure, avec les nomades. C'était une occasion spéciale, suffisamment importante pour qu'elle rompe avec les usages. Elle regardait Stark avec une franche curiosité.

Il lui rendit son regard. La cape rejetée sur des épaules minces révélait un corps élancé aussi arrogant que sa voix, recouvert d'un pelage blanc et brillant, orné d'un léger harnais du même or ciselé que le diadème. Un animal superbe, une femme voluptueuse. Une hermine royale aux yeux diaboliques. Stark ne ressentit aucune excitation.

Elle haussa une épaule délicate.

— Celui-ci peut ou non être dangereux ; mais il est en tout cas audacieux.

Elle se dirigea vers la porte intérieure qui s'ouvrit

silencieusement. Kell à Marg franchit le seuil, suivie de Gelmar, ses captifs, ses gardes et enfin des deux aides de camp au pelage blanc et au corps nerveux.

Les serviteurs qui avaient ouvert la porte la refermèrent. Les arrivants étaient prisonniers d'un monde étrange et beau.

Stark frissonna ; d'un tressaillement de bête fauve.

La Demeure de la Mère sentait l'huile douceâtre, la poussière, les cavernes, le gouffre. Et la mort.

XXII

Ils étaient dans un corridor haut et large, éclairé par des lampes clignotantes. Un groupe y attendait. Des têtes à la fourrure pâle, aux oreilles étroites et au diadème d'or, qui variaient de taille et de splendeur selon le rang, s'inclinèrent. Des voix murmurèrent respectueusement :

— Fille de Skaith. Tu es de retour.

Stark pensa qu'ils attendaient depuis longtemps et qu'ils étaient fatigués d'être debout. Sur un côté il remarqua quatre Enfants se tenant séparés des autres avec un orgueil évident. Ils portaient des calottes et des tabards d'étoiffe noire, ceinturés de chaînes d'or, et leurs têtes ne s'étaient pas inclinées. Leur regard se fixa immédiatement sur les étrangers.

Quand ils se redressèrent les courtisans et les officiels fixèrent Stark et Gerrith d'un regard froid et hostile. Ils étaient apparemment habitués aux Hérauts car ils n'accordèrent à Gelmar qu'un coup d'œil peu amène. Les étrangers par contre leur causaient un trouble profond.

— Je parlerai avec les Devins, dit Kell à Marg, écartant d'un geste les courtisans.

Les hommes en noir entourèrent Kell à Marg. Les cinq marchèrent en avant, parlant à voix basse. Courtisans et officiels durent se contenter de former l'arrière-garde.

Ils marchèrent longtemps. Les murs et le toit du corridor étaient couverts de sculptures, certaines en relief, certaines en ronde-bosse, toutes admirables. Elles se rapportaient à l'histoire ou à la religion des Enfants. Une partie de leur histoire avait dû être orageuse, pensa Stark. Certains des motifs avaient été abîmés et réparés. Il compta six portes pouvant être défendues contre des envahisseurs.

Des salles donnaient sur le corridor. Leurs entrées étaient superbement sculptées et ce que l'on voyait de leurs intérieurs donnait une étonnante impression de splendeur.

Des lampes d'argent soulignaient des couleurs, des incrustations, des mosaïques laissaient deviner des formes outrées qui restaient une énigme pour Stark. Une chose était évidente : ces Enfants de Skaith-Notre-Mère n'avaient rien de commun avec leurs cousins de la mer. Ce n'étaient pas des animaux. Ils possédaient ici, sous les pics étincelants des Flammes Sorcières, une société complexe et hautement développée.

Ou bien aurait-il dû dire qu'ils l'avaient eue jadis ? Certaines des salles étaient obscures. D'autres n'étaient éclairées que par une ou deux lampes. Partout, cette odeur subtile de poussière et de mort. Et l'impression que les allées et venues et le travail, quel qu'il fût, étaient bien moindres qu'ils n'eussent dû l'être dans la Maison de la Mère.

Le corridor se terminait dans une immense caverne naturelle dont les fantastiques formations rocheuses

étaient demeurées intactes. Ici, il y avait des lampes en quantité et un passage royal, fait de dalles de marbre, marquait le sol. Au-delà, une série de petites salles d'attente et enfin la salle voûtée appartenant à Kell à Marg, Fille de Skaith.

Salle nue, au sol et aux murs recouverts d'une pierre blanche et lumineuse, sans aucun ornement. Une nudité totale. Rien ne devait distraire le regard du point central de la pièce, le trône, placé sur une plate-forme précédée par quelques marches larges.

Kell à Marg les gravit, s'assit.

Le trône était sculpté dans du roc brun couleur de terre fertile. Sa forme était celle d'une femme en longue robe, assise de façon à tenir la Fille de Skaith sur ses genoux, l'entourant de ses bras protecteurs, tête affectueusement penchée en avant. Kell à Marg posa ses mains sur celles de Skaith-la-Mère. Son corps mince et arrogant luisait contre la pierre sombre.

Les Devins formaient un petit groupe sur sa droite. Les autres se tenaient près du trône. Fenn et Ferdic étaient à sa gauche. Gelmar, Stark, Gerrith et les gardes étaient au pied des marches.

— Maintenant, dit Kell à Marg, parle-moi à nouveau du danger qui menace Skaith.

Gelmar s'était dominé. Sa voix était presque aimable :

— Certainement, Fille de Skaith. Mais j'aimerais t'en parler en particulier.

— Ceux qui m'entourent sont les Gardiens de la Demeure, Gelmar. Les Mères du Clan, les hommes et les femmes responsables du bien-être de mon peuple. Je désire qu'ils entendent.

Gelmar inclina la tête, regarda Stark et Gerrith.

— Alors, que ces deux-là soient emmenés.

— Ah, dit Kell à Marg. Les captifs. Non, Gelmar. Ils resteront.

Gelmar étouffa une protestation rageuse et se mit à raconter l'histoire des vaisseaux spatiaux. Kell à Marg l'écouta attentivement ; comme le firent Fenn, Ferdic, les Mères du Clan et les conseillers. Sous l'attention perçait la peur, et quelque chose d'autre. Colère, rage — le refus instinctif d'une vérité intolérable.

— Que je comprenne bien, dit Kell à Marg. Ces vaisseaux... ils viennent du dehors, de très loin ?

— Des étoiles.

— Les étoiles... Nous les avons presque oubliées. Les hommes qui volent dans ces vaisseaux viennent aussi du dehors ? Ils ne sont pas nés de Skaith-la-Mère ?

Les yeux étincelants des assistants regardèrent Stark ; virent un blasphème vivant.

— Non, dit Gelmar. Ils nous sont totalement étrangers. Nous leur avons permis de venir parce qu'ils nous apportaient des biens dont nous manquons, des métaux, par exemple. Mais ils nous ont apporté leurs façons d'outre-monde, des idées mauvaises. Et ils ont corrompu certains parmi notre peuple.

— Ils nous ont corrompus avec de l'espérance, dit Gerrith. Fille de Skaith, laisse-moi te dire ce qu'est notre vie sous la loi des Seigneurs Protecteurs et leurs Hérauts.

Gelmar eût souhaité lui imposer silence ; mais Kell à Marg écouta Gerrith. Lorsque celle-ci se tut, Kell à Marg dit :

— Ton peuple et toi vouliez prendre ces vaisseaux, quitter Skaith pour un autre monde ? Vous vouliez

vivre sur un sol étranger, respirer un air autre que celui qui vous a donné la vie ?

— Oui, Fille de Skaith. Tu le comprends difficilement mais pour nous, c'était le salut.

Il ne fallait pas le dire. Elle le savait. Stark le savait. Cependant, ce devait être dit.

— Nous avons trouvé un autre salut, dit Kell à Marg. Nous sommes retournés dans le ventre de la Mère et pendant que vous aviez faim, que vous vous déchiriez et que vous mourriez sous le Vieux Soleil, nous vivions au chaud, bien nourris, sûrs de l'amour de la Mère. Ne compte pas sur ma compassion. Peu m'importe ce que font les Hérauts sur leur propre territoire. Mon souci est d'un autre ordre.

Elle se tourna vers Gelmar.

— Cette rébellion se poursuit ?

A contrecœur il dit :

— Oui.

— Cela, dit Stark, nous le savions.

Kell à Marg reprit :

— Tu veux emmener ces gens dans le sud. Pourquoi ?

— Il y a eu une prophétie.

— Oui, dit Kell à Marg. Les Harsenyi nous en ont parlé. Elle concernait cet homme, n'est-ce pas ?

Elle fixa Stark.

Gelmar parut anxieux de changer de sujet.

— Elle a déclenché la rébellion. Si je prouve que la prophétie était fausse...

Kell à Marg l'interrompit, s'adressa à Gerrith.

— Est-ce toi qui as prophétisé, Femme Sage ?

— Ma mère.

— Qu'a-t-elle dit ?

— Qu'il viendrait des étoiles pour abattre les Seigneurs Protecteurs.

Le rire argentin et malveillant de Kell à Marg fit monter une rougeur aux pommettes de Gelmar.

— Je comprends ton inquiétude, Gelmar ! Quel malheur, s'il les détruisait avant que ton tour ne soit venu !

— Fille de Skaith !

— Mais ils le savent sûrement ?

Elle tourna son regard brillant et malicieux vers les étrangers...

— Vous le savez sûrement ? Les Seigneurs Protecteurs ne sont que des Hérauts vieillis.

Le cœur de Stark fit un bond.

— Ce sont des hommes ?

— Tout comme Gelmar. Voilà pourquoi ils doivent rester invisibles dans ce haut-nord, cachés derrière leurs brumes, leurs mythes et leurs Chiens-Démons. L'invisibilité est une condition de la divinité. Si le peuple pouvait les voir, il saurait la vérité. Les Seigneurs Protecteurs cesseraient d'être des dieux immortels. Ils ne seraient plus que des Hérauts, suffisamment ambitieux et intelligents pour se vêtir de toges blanches et passer leurs dernières années dans la Citadelle, profitant de toutes les récompenses promises par leur Dieu de Bonté. Et ces récompenses sont nombreuses.

Stark eut un rire.

— Des hommes ! dit-il en regardant Gelmar.

L'expression de celui-ci était venimeuse.

— Ne te moque point, Fille de Skaith. Nous servons les nécessiteux, alors que vous, les Enfants, ne servez que vous-mêmes. Au temps de la Grande Migration on vous demanda maintes fois d'accueillir dans la

Demeure de la Mère des gens qui mouraient de faim et de froid et vous les avez repoussés.

— Ainsi, nous avons survécu, dit Kell à Marg. Dis-moi combien de malheureux ont été protégés contre les Chiens-Démons et recueillis dans la Citadelle ?

— La Citadelle est sacrée...

— Ainsi que la Demeure de la Mère. Les Enfants étaient ici avant que la Citadelle ne soit érigée...

— C'est votre tradition qui le prétend.

— ... et nous avons l'intention d'y être encore lorsque la Citadelle n'existera plus. Retournons à notre sujet. Il y a un moyen très simple de mettre fin à la rébellion. Renvoyez les vaisseaux.

Entre ses dents, Gelmar grinça :

— Accorde-moi quelque sagesse, Fille de Skaith. Renvoyer les vaisseaux ne résoudrait rien, parce que...

— Parce que, jeta Stark, il ne pourrait les empêcher de revenir. N'est-ce pas, Gelmar ? N'est-ce pas la raison pour laquelle les vaisseaux sont toujours dans le sud, ainsi que l'a dit la Femme Sage ?

A nouveau Kell à Marg leva la main pour imposer silence à Gelmar. Une main étroite, aux ongles recourbés, sans bagues, à la paume nue et rose. Elle fit signe à Stark d'approcher, de monter les marches. Les gardes le suivirent.

— Tu es vraiment d'un autre monde ?

— Oui, Fille de Skaith.

Elle tendit la main, effleura sa joue. Tout son corps parut révolté par le contact. Elle frissonna.

— Dis-moi pourquoi Gelmar ne pourrait empêcher les vaisseaux de revenir.

— Il n'en a pas le pouvoir. Les vaisseaux atterrissent

à Skeg parce que c'est là que les premiers sont arrivés. Le port est là-bas, et l'enclave étrangère, et le marché où le commerce se fait. C'est plus facile, plus commode. Les Hérauts y exercent un semblant de contrôle. Au moins, ils voient ce qui se passe.

Elle parut comprendre, inclina la tête et dit sèchement à Gelmar :

— Laisse-le parler.

— Si Skeg est interdit aux vaisseaux stellaires ils iront partout où leurs capitaines penseront pouvoir commercer avec profit. La plupart des vaisseaux, les plus petits, sont faits pour atterrir n'importe où. Les Hérauts ne pourraient les surveiller ; leur racaille Errante ne saurait être partout.

— Ils atterriraient même ici ?

— Pas dans les montagnes, Fille de Skaith. Mais tout près.

— Et ils feront cela pour du profit. Pour de l'argent.

— Tu connais donc ces choses.

— Nous étudions le passé. Nous sommes des historiens. Nous savons. Ce besoin de l'argent n'est qu'une des choses que nous avons laissées derrière nous.

— D'où que viennent les hommes, la faim de l'argent les tenaille. Je crois que ce que Gelmar craint le plus est que ces vaisseaux, contre paiement, emmènent des gens désireux de quitter Skaith.

Stark observa le visage fermé de Gelmar et pensa que son hypothèse était exacte.

— Ces vaisseaux ne pourraient évacuer des populations entières, ainsi que le ferait l'Union Galactique ; mais ce serait un début. Gelmar veut empêcher toute brèche dans la digue. Voilà pourquoi il est si anxieux

de mater la rébellion d'Irnan avant qu'elle ne s'étende. Si la guerre civile gagne tout le sud les outre-mondiers en tireront profit. Pas les Hérauts.

Ni les Seigneurs Protecteurs, ces Hérauts devenus vieux. Une chaîne sans fin depuis les fondateurs, renouvelée à chaque génération. En ce sens, comme Baya l'avait dit, ils étaient éternels, inchangés. Éternels et inchangés comme la race humaine. Et tout aussi vulnérables.

La pièce blanche et luisante ressemblait à l'intérieur nacré de quelque immense perle. Kell à Marg était assise en son centre, sur les genoux bruns de Skaith-la-Mère, entre ses bras protecteurs. Son regard était fixé sur Stark, immense, suant, barbare dans ses chaînes et ses épaisses fourrures ; l'homme que Skaith-la-Mère n'avait pas engendré.

Il dit, brutalement :

— Le sort en est jeté, Kell à Marg. Votre monde a été découvert. C'est irréversible. Des idées nouvelles sont venues ; elles ne repartiront pas. Les Hérauts finiront par perdre ce combat. Pourquoi les aiderais-tu ?

Kell à Marg se tourna vers les devins.

— Demandons conseil à la Mère.

XXIII

La Salle des Devins se trouvait au bout d'un long corridor, dans une partie de la Demeure de la Mère réservée à eux seuls. Les chambres que Stark apercevait au passage étaient austères, sombres, occupées par des élèves, des acolytes et des Devins de rang inférieur. Les chambres avaient été destinées à des occupants beaucoup plus nombreux. Des couloirs latéraux ne menaient que vers le silence.

La Salle était ronde ; de son toit voûté pendait une unique et énorme lampe d'argent ciselé. Sous la lampe se trouvait un objet circulaire, à hauteur de taille, d'environ un mètre de large, recouvert d'une étoffe finement brodée. Au lieu d'être sculptées ou recouverts de pierre, les murs étaient tendus de tapisseries, apparemment très anciennes et hautement sacrées. Un gigantesque et bienveillant visage de femme y était constamment présent ; atténué par ancienneté mais néanmoins troublant. Ses yeux semblaient suivre chaque mouvement des gens se trouvant dans la Salle. La grande lampe n'était pas allumée ; de plus petites brûlaient faiblement sur des trépieds autour de la pièce.

Le silence régnait.

Des acolytes entrèrent.

Avec vénération, ils allumèrent la lampe d'argent et retirèrent l'étoffe brodée tout en psalmodiant.

— L'Œil de la Mère ne voit que la vérité, murmurèrent les Devins.

L'Œil de la Mère était un énorme cristal enchâssé dans un cadre d'or massif. Il était aussi translucide qu'une goutte de pluie et la lumière de la lampe y étincelait. Têtes inclinées, les Devins se rangèrent auprès du cristal.

Ici pas de trône. Même Kell à Marg était debout, Fenn et Ferdic derrière elle. Gelmar, Stark, Gerrith et les quatre gardes formaient un groupe distinct près de la porte.

Kell à Marg parla ; sa haine était partagée également entre tous les étrangers :

— Vous êtes tous des étrangers dans cette Demeure. Je ne me fie pas plus à l'un de vous qu'à un autre et vous parlez tous de choses que je ne comprends pas et ne puis juger, puisque je n'en ai pas la connaissance.

— Pourquoi mentirais-je, Fille de Skaith ? dit Gelmar.

— Quel Héraut n'a jamais menti lorsque cela lui convenait ?

Son regard alla à Gerrith, se posa sur Stark.

— Je connais Gelmar. La femme est née de Skaith et ne prétend pas avoir vu ces vaisseaux. L'homme, lui, le prétend. Devins, fouillez pour moi son esprit.

La main impérieuse fit signe à Fenn et à Ferdic, qui s'approchèrent de Stark. Ses deux gardes ne bougèrent pas. Ferdic jeta un coup d'œil à Gelmar, qui grinça un ordre aux gardes. Ils s'écartèrent mais suivirent Stark que l'on mena devant le cristal.

— Regarde dans l'Œil de la Mère, dirent les Devins.

La lumière de la lampe trouée allait et venait dans les profondeurs translucides, bougeant sans cesse, attirant le regard avec de plus en plus de force.

— Le cristal est comme l'eau. Laisse flotter ton esprit, laisse ton esprit flotter librement.

Souriant, Stark fit un signe négatif.

— On ne peut me prendre si facilement.

Surpris, furieux, les Devins le fixèrent.

— Vous voulez mes souvenirs ? Ce qui ne peut mentir ? Je vous les offre, de mon plein gré.

Chaque monde a ses méthodes. Il en avait trop vu et en avait maîtrisé trop peu. Mais il en savait quelque chose. Il avait souvent eu affaire à la télépathie et au contact mental. Il ne les craignait pas. L'essentiel était de toujours garder le contrôle.

Il partagea donc ses souvenirs avec les Devins ; du moins ceux qui étaient suffisamment impersonnels.

Têtes penchées, les Devins faisaient seulement semblant de contempler le cristal. Cela viendrait plus tard. Maintenant, absorbés, ils écoutaient le cerveau de Stark, enregistrant ce qu'ils devraient répéter à Kell à Marg.

Stark se souvenait. Brièvement, des mondes de sa jeunesse et de Sol, son étoile-mère, rayonnant de chaleur dorée.

De l'espace, tel qu'il l'avait vu pour la première fois, des simulateurs dans un vaisseau se dirigeant vers Altaïr. De la splendeur stupéfiante des myriades de soleils étincelant dans l'océan ténébreux où ils brillaient à jamais. Des pléiades, ruches cosmiques d'abeilles en feu. Des nébuleuses étalées le long des parsecs,

nuages immenses de feux de gloire. Des nébuleuses sombres, où les soleils noyés n'étaient plus que de pâles chandelles. Des galaxies, incroyablement lointaines. De l'univers infini, sans toit de rochers pour l'emprisonner.

Finalement, il se rappela l'incroyable cité-mondiale, Pax, et sa lune inouïe, symboles de la puissance de l'Union Galactique.

Partagés entre l'agonie et la terreur les Devins crièrent :

— Il a vu ! Il a vu, Fille de Skaith ! Il a vu les gouffres de la nuit, les soleils brûlants, les cieux d'autres mondes.

Ils regardaient Stark comme ils eussent regardé un démon.

Kell à Marg fit un léger signe de tête.

— De cela, donc, nous sommes assurés. Maintenant je veux savoir pourquoi cet homme est venu ici.

— Pour retrouver un ami, Fille de Skaith. Quelqu'un qu'il aime, que les Hérauts ont fait prisonnier et peut-être tué. Il éprouve une haine profonde envers les Hérauts et les Seigneurs Protecteurs.

— Je vois. Et la prophétie ? Est-elle vraie ?

— Il l'ignore.

— La prophétie et le manteau d'un homme du destin m'ont été imposés contre ma volonté, dit Stark.

— Cependant, ils t'ont été imposés. Pourquoi toi, entre tous les étrangers ?

— Je l'ignore. Mais je ne te veux aucun mal, Fille de Skaith, et Gerrith non plus. Les Hérauts sont un danger pour toi et pour la planète tout entière car ils ne comprennent pas ce qu'ils affrontent.

— Il ment ! dit Gelmar. Il n'y a nul danger pour toi, si seulement tu nous laisses partir !

Silencieuse, Kell à Marg médita longtemps, grande hermine royale songeant à ses proies. Finalement elle dit :

— Tu te trompes, Gelmar. Je n'ai pas peur. Tes Méridionaux et leur révolte ne m'intéressent pas. Tes assurances ne m'influencent pas. Cet homme fait partie d'une force nouvelle dans le monde. Il peut être, ou non, important pour l'avenir des Enfants et cela seul m'intéresse. Quand je saurai, je déciderai qui part et qui ne part pas. — Elle se tourna vers les Devins. — Que voit l'Œil de la Mère ?

Et maintenant ils contemplèrent réellement le cœur profond du cristal.

La Salle devint silencieuse. Tellement silencieuse que Stark entendait chaque respiration. L'inquiétude le gagna. Cette chose folle, animale et féminine, était toute-puissante ici ; pensée n'ayant rien d'agréable.

Les multiples visages de Skaith-Notre-Mère le fixaient des murs. Ils n'avaient rien de réconfortant.

L'attente devint insupportable. Personne ne bougeait. Les Devins eussent pu être des statues de bois. Le poids de la montagne oppressait Stark. Il avait chaud ; les fers étaient des cercles lourds, reliés par une chaîne. Il tourna la tête, ne put voir Gerrith qui était derrière lui, près de la porte.

Soudain, l'un des Devins inspira et exhala profondément. Il se passait quelque chose dans l'Œil de la Mère.

Tout d'abord, Stark pensa que c'était dû à la lampe. Mais celle-ci brillait toujours autant et pourtant la lumière s'écoulait de l'immense cristal dont l'éclat diminuait, s'assombrissait, allant d'une clarté limpide à un rouge sombre, troublé, laid. Stark se souvint d'une

autre fois, d'une autre caverne et de l'Eau de Vision de Gerrith.

— Du sang, dirent les Devins. Beaucoup de sang coulera si cet homme vit. La Mort viendra dans la Demeure de la Mère.

— Alors, dit calmement Kell à Marg, il doit mourir.

Stark, avec précaution, se mit à ramasser la chaîne dans ses mains, de façon à ce qu'on ne l'entende pas.

Gelmar s'avança.

— Et il mourra. J'y veillerai moi-même, Fille de Skaith.

— J'y veillerai, dit Kell à Marg. Fenn ! Ferdic !

Tous deux portaient à la ceinture des poignards incrustés de pierres précieuses. Ils les tirèrent, allèrent souplement auprès de Gelmar. Kell à Marg dit :

— Ordonne à tes créatures de tuer cet homme, Héraut.

Désespérément, furieusement, Gelmar cria :

— Non, attends !

Pendant un instant les beaux hommes de la Citadelle hésitèrent. Ils regardèrent Gelmar et attendirent.

Stark n'hésita pas.

Il se retourna, assomma le garde arrière lui du poids de ses poings armés des fers et de la chaîne. La chair se troua. L'homme poussa un cri rauque, tomba. Stark sauta par-dessus lui, chargea vers la porte. Les deux gardes de Gerrith voulurent l'intercepter, Gerrith, un instant oubliée, saisit une des petites lampes sur un trépied, la jeta contre le mur.

L'huile enflammée coula, s'étendit, s'embrasa. Les tapisseries, desséchées depuis des siècles, explosèrent en fumée puis en flammes.

Un des gardes se retourna, repoussa Gerrith. Trop tard ; Stark la vit tomber puis ne la vit plus. La fumée l'étouffait, l'aveuglait. Des voix terrifiées et pressantes s'élevaient. Les multiples visages de la Mère se tordirent, noircirent, disparurent. Deux des Devins se jetèrent sur le cristal, le protégeant de leurs corps. Les autres luttaient vainement contre les flammes. Un des beaux hommes flambait ; un autre, se hâtant à l'appel de Gelmar, heurta Stark et ne s'arrêta pas. Stark appela Gerrith, ne reçut pas de réponse et puis buta contre elle. Il saisit sa tunique, la traîna hors de la Salle. Un épais nuage de fumée les accompagna.

Un instant, il la crut morte. Puis elle toussa et dit, distinctement :

— Si tu ne pars pas maintenant, tout finira ici.

Le tumulte dans la Salle s'intensifia ; les assistants se frayaient un chemin vers la porte. Des élèves et des acolytes quittaient leurs chambres le long du corridor. Stark se pencha sur Gerrith. Elle le frappa, violemment.

— Va-t'en ! Je t'ai donné cette chance. Vas-tu la gâcher ?

Stark hésita. Seul, il y arriverait peut-être. Pas avec Gerrith. Il l'effleura, rapidement.

— Si je vis..., dit-il.

Il la laissa et se mit à courir. Il descendit le corridor ; immense, meurtrier, brandissant ses fers. Les corps couverts de pelage blanc s'effaçaient sur son passage ou étaient jetés de côté. Ces futurs Devins étaient jeunes, leurs maîtres étaient vieux et tous étaient inaccoutumés au combat. Stark les balaya comme un vent de tempête balaie des fétus de paille.

Derrière lui il entendit d'autres cris, d'autres ordres.

Kell à Marg et Gelmar étaient sortis du brasier. Regardant derrière lui il vit deux des gardes le poursuivre. Ses mains enchaînées ne pourraient rien contre leurs épées.

Il plongea à toute vitesse dans un couloir latéral. Des marches taillées dans le roc le conduisirent dans un autre corridor, plus poussiéreux, plus faiblement éclairé. Il continua dans un labyrinthe de chambres, de tunnels, d'escaliers ; les chambres étaient remplies d'objets, les passages déserts et de moins en moins éclairés.

Finalement il s'arrêta, écouta. Il n'entendait plus que les coups de boutoir de son cœur. Pour le moment, tout au moins, il avait semé ses poursuivants. Il prit une lampe dans une niche murale et s'enfonça dans la Demeure de la Mère.

XXIV

Les Enfants avaient dû passer d'innombrables générations à ronger les entrailles des Flammes Sorcières. Ils avaient aussi dû être infiniment plus nombreux qu'actuellement. Stark se rappela les paroles de Hargoth sur la nécessité de sang frais. Les Enfants devaient s'être interdit tout croisement, certainement par choix et probablement aussi par la métamorphose de leurs gènes. Mutants artificiels, ils ne pouvaient peut-être pas se croiser avec des humains. Les Enfants de la Mer-Notre-Mère s'étaient sans doute également privés de cette ressource ; mais il ne pouvait en être sûr.

Le silence était pesant. Un silence séculaire, lourd comme la poussière. Pourtant l'air était respirable. Les Enfants avaient veillé à ce que la ventilation fut suffisante. Leurs talents d'ingénieurs avaient été certains. Sans doute avaient-ils été engendrés dans la race. Ils savaient se servir de la pierre. Leur labyrinthe de cavernes et de passages semblait capable de durer autant que les Flammes Sorcières.

A part la lampe que portait Stark, l'obscurité était maintenant totale. Stark avançait à l'aveuglette, luttant contre une panique envahissante. La Demeure de la

Mère serait une tombe superbe. Ils ne trouveraient peut-être même jamais son corps.

Malgré cela, la curiosité aussi bien que la nécessité l'obligèrent à s'arrêter pour voir les objets dont ces salles oubliées étaient emplies.

Il se trouvait dans un musée.

Qu'avait dit Kell à Marg ? *Nous étudions le passé. Nous sommes des historiens.* Ils devaient avoir pillé les villes mortes ou agonisantes du Nord. Peut-être même avant qu'elles ne fussent désertées par les populations fuyant vers le sud dans la Grande Migration, les Enfants avaient commencé à collectionner. Objets d'art, statues, tableaux, joyaux, instruments de musique, étoffes, vases, jarres, machines, jouets, outils, livres, assemblages de bois, métal ou plastique... tout ce qui pouvait être transporté, intact ou en morceaux, à travers les corridors pour être entassé dans les cavernes. L'histoire la technologie, les arts et les idées d'une civilisation disparue survivaient dans ces cavernes profondes pour le plaisir et la manie d'une race agonisante.

Stark pensa que plus le temps passerait plus les Enfants de Skaith-Notre-Mère auraient du mal à protéger leur incroyable trésor.

Il cherchait deux choses : une arme et de quoi enlever ses fers. Des armes, il y en avait. Inutiles pour la plupart sans la technologie qui les aurait rendues opérantes. La température égale et l'humidité avaient remarquablement préservé la plupart des objets, mais une certaine détérioration était inévitable. Il finit par trouver un solide couteau qu'il passa à sa ceinture.

Les outils furent plus aisés à trouver. Maillet et ciseau étaient résistants ; mais il ne pouvait s'en servir seul. Il passa le ciseau à sa ceinture, à côté du couteau,

et tint le maillet, arme non négligeable. Mais il n'y avait personne contre qui s'en servir.

Il n'y avait pas d'eau non plus. Ni de nourriture. La soif devint un problème, suivie de près par la faim. Il était accoutumé aux deux et connaissait sa résistance. Il mettrait du temps à mourir. Mais il cessa de se faire des reproches au sujet de Gerrith.

Il avait espéré trouver une autre lampe mais elles avaient été trop longtemps négligées et l'huile s'était évaporée. Le niveau de la sienne diminuait lentement, inexorablement.

Au moment où il passait devant la bouche d'un tunnel étroit, un fort courant d'air éteignit sa lampe.

L'air était pur, froid. Stark s'engagea dans le tunnel, en aveugle. Après quelque temps il vit une lueur devant lui. Celle du jour, passant à travers une ouverture au bout du tunnel. Un espoir fou fit courir Stark.

Jadis, des sentinelles avaient pu être postées, ici, surveillant le nord turbulent. Ou les Enfants y avaient pris l'air après avoir œuvré dans le musée, afin de revoir le soleil et les étoiles auxquels ils avaient renoncé. Maintenant il n'y avait plus qu'une altière solitude. Le minuscule balcon n'était qu'une niche dans la face nord des Flammes Sorcières. Niche trop haute et face trop abrupte pour songer à cette issue-là.

Stark vit un immense et effrayant panorama blanc. Du pied des Sorcières une plaine nue s'élevait, couverte des cicactrices laissées par d'antiques érosions. Le vent la balayait férocement, faisant naître des démons de neige qui dansaient et tournoyaient. Certains étaient étranges ; ce n'étaient pas des démons de neige mais des piliers de vapeur émergeant du sol et déchiquetés par le vent.

Une région thermale. Excité, Stark se rappela que Hargoth avait parlé des brumes magiques entourant la Citadelle. Par-delà la plaine il vit une lointaine chaîne de montagnes, plus hautes et plus cruelles que les Flammes Sorcières. Au nord-est, contre le flanc des montagnes, bouillonnaient d'immenses nuages blancs.

De son haut perchoir solitaire Stark vit tout cela et jura. Il vit aussi, en tournant la tête, une file de silhouettes minuscules avancer dans l'immensité blanche de la plaine, quittant les Flammes Sorcières. Gelmar se rendait à la Citadelle.

Acculé, Stark quitta son petit observatoire. Tournant le dos au jour il s'engagea à nouveau dans les ténèbres, priant pour trouver des marches menant vers le bas. Depuis le commencement il avait tenté de rejoindre le niveau du sol et il était épouvanté d'être encore à une telle hauteur. Dans ces ténèbres il dépassait peut-être des marches de chaque côté sans s'en douter.

Faim et soif se firent plus pressantes. Il fut contraint de s'arrêter par instants afin de dormir ; comme un animal dort, brièvement mais totalement détendu. Puis il se relevait et repartait, chaque nerf, chaque sens tendu vers le moindre signe qui pourrait le guider vers la vie.

Il avait glissé et trébuché pendant des kilomètres, se cognant aux reliques entassées dans les chambres, dégringolé des marches sans nombre, lorsque un son infiniment ténu atteignit ses oreilles.

Il crut d'abord que c'était la fatigue, ou le murmure de son prope sang. Puis il cessa de l'entendre. Il venait de descendre un escalier. Il sentait de chaque côté les

sculptures d'un mur. Le corridor continuait donc et le son avait dû venir de là. Il avança à pas de loup, s'arrêtant souvent pour retenir sa respiration et écouter.

Le son revint. Net. De la musique. Dans ces catacombes millénaires, poussiéreuses et sombres quelqu'un faisait de la musique. Une très curieuse musique, atonale, vibrante, trillante. Stark n'en avait jamais entendu de plus belle.

Deux fois encore la musique s'interrompit, comme si l'exécutant, irrité, avait fait une fausse note. Puis elle reprit.

Stark vit une lumière, s'approcha en silence.

Une porte sculptée, ouverte, donnait sur une chambre bien éclairée par plusieurs lampes. Un des Enfants, vieillard à la peau relâchée et aux os proéminents, était penché sur un instrument à cordes de forme étrange. A côté de lui se trouvait une table ancienne, couverte de vieux livres et de parchemins. Il y avait aussi une assiette pleine de nourriture et un pichet en pierre. Les mains du vieillard caressaient les cordes comme elles eussent caressé un enfant.

Stark entra. Le vieillard leva les yeux et l'effroi se lut sur son visage.

— Le Démon est entré dans la Demeure de la Mère, dit-il. C'est la fin du monde.

Soigneusement, il mit l'instrument de côté.

— Pas tout à fait, dit Stark. Je ne demande qu'à quitter la Demeure de la Mère. Y a-t-il une porte nord ?

Il attendit. Le vieillard le fixait ; grands yeux lumineux dans un visage mité, pelage crânien en désordre, tout son être cruellement arraché à un lieu enchanté. Puis Stark fit un geste menaçant.

— Y a-t-il une porte nord ?

— Oui. Mais je ne puis t'y conduire.

— Pourquoi pas ?

— Je me souviens maintenant. On m'a dit — on nous a tous dit — qu'un ennemi, un être du dehors, était dans la Demeure de la Mère. Nous devions guetter et donner l'alerte si nous le voyions.

— Vieillard, dit Stark, tu ne donneras pas l'alerte et tu me conduiras à la porte nord.

Il plaça ses mains puissantes sur le fragile instrument.

Le vieillard se leva. D'une voix douce et pleine d'angoisse il dit :

— J'essaie de recréer la musique de Tlavia, Ville-Reine du Haut Nord avant la Grande Migration. C'est l'œuvre de ma vie. C'est le seul instrument Tlavien que nous ayons. Les autres sont perdus quelque part dans les cavernes. Si celui-ci était détruit...

— Tu es le garant de son intégrité, dit Stark. A condition de faire ce que je t'ordonne.

Il écarta ses mains.

Le vieillard réfléchissait et ses pensées étaient presque visibles.

— Soit, dit-il. Pour préserver l'instrument.

Stark lui tendit le maillet et le ciseau, posa ses poignets sur la table antique au-dessus de marbre. Elle paraissait solide. Stark déplora le sacrilège mais il n'avait pas le choix.

Le vieil homme était maladroit ; la table fut considérablement endommagée mais finalement les fers sautèrent. Stark massa ses poignets. Faim et soif étaient devenues très pénibles. Il but au pichet de pierre. Une sorte de vin au goût de poussière. Il eût préféré de l'eau, mais c'était mieux que rien. Il mit les aliments

dans ses poches ; il mangerait en chemin. Le vieillard attendait patiemment. Il avait acquiescé trop vite, trop calmement. Stark se demanda quelle traîtrise se cachait derrière cette docilité.

— Allons, dit-il en soulevant l'instrument.

Le vieil homme prit une lampe et précéda Stark dans le corridor.

— Y a-t-il beaucoup de chercheurs solitaires comme toi ?

— Beaucoup. Skaith-la-Mère encourage les chercheurs. Elle nous donne la paix et l'abondance afin que nous consacrions notre vie entière à notre œuvre. Nous ne sommes pas aussi nombreux que jadis, bien sûr. Alors un millier d'entre nous se consacraient uniquement à la musique, des milliers à l'histoire, aux livres anciens, aux lois. Et au catalogue. — Il soupira. — Mais c'est une vie agréable.

Bientôt, ils furent à nouveau dans les régions habitées. La solitude du vieillard n'en était pas très éloignée. Stark se saisit fermement de son harnais usagé, tenant l'instrument de l'autre main.

— Si quelqu'un nous voit, vieillard, la musique de Tlavia mourra.

Le vieillard le guida habilement au bord des niveaux occupés, dépassant les cavernes des lapidaires et des orfèvres, des sculpteurs et des tailleurs de pierre, les garderies et les écoles des jeunes, les étranges fermes souterraines où des récoltes fungoïdes mûrissaient dans une âcre et constante humidité. Ces niveaux inférieurs étaient nettement plus chauds. Le vieillard lui expliqua que la région thermale s'étendait sous une partie de la Demeure de la Mère. Ils lui devaient de multiples avantages, dont l'eau chaude pour les bains.

Stark apprit aussi d'autres choses.

La piste nomade suivie par les Harsenyi s'étendait de la passe des Flammes Sorcières aux passes des Montagnes Cruelles, la chaîne que Stark avait vue. Elle se trouvait sur le côté ouest de la Plaine du Cœur-du-Monde. Stark se souvint des petits points noirs qui constituaient la caravane de Gelmar. Les Harsenyi pouvaient emprunter la piste sans danger, à condition de ne pas en sortir. Ils avaient un village permanent dans les vallonnements des Montagnes Cruelles. C'était le plus près qu'ils puissent approcher de la Citadelle. La plaine se nommait Cœur-du-Monde parce que la Citadelle était bâtie sur elle, ou au-dessus d'elle. Le vieillard n'avait jamais vu la Citadelle. Ni un Chien du Nord. Il pensait qu'ils ne s'éloignaient pas beaucoup de la Citadelle, à moins d'être attirés par un intrus. On disait qu'ils étaient télépathes.

— Ils chassent en meute, dit le vieillard. Le chien-roi s'appelle Écorcheur. Du moins, c'était son nom. Peut-être que le roi de la meute se nomme toujours Écorcheur. Ou peut-être les Chiens du Nord sont-ils immortels.

« Comme les Seigneurs Protecteurs », pensa Stark.

Sous sa main il sentit une différence dans le corps du vieillard. Il était tendu ; sa respiration était plus légère, plus rapide.

Ils étaient dans un couloir plus large, pas très bien éclairé, manifestement peu fréquenté. Devant eux Stark vit sur la droite la bouche d'un autre couloir.

Le vieillard dit, innocemment :

— La porte nord est là, au bout de ce corridor. On s'en sert rarement, maintenant. Les Hérauts venaient

plus souvent, jadis. Maintenant, lorsqu'ils viennent, ils passent par la porte ouest.

Il tendit les mains pour prendre l'instrument. Stark sourit.

— Attends ici, vieillard. Sans un bruit, sans un mot.

Tenant toujours le fragile instrument, Stark avança sans bruit jusqu'à la bouche du second couloir et regarda.

Le couloir s'élargissait en une salle de gardes, à l'extrémité de laquelle se trouvait une immense dalle de pierre. Des gardes étaient présents. Six Enfants, jeunes, mâles, armés ; s'ennuyant manifestement. Quatre d'entre eux jouaient un jeu quelconque sur une table de pierre. Les deux autres les regardaient.

Le vieil homme avait pris la fuite, sans se préoccuper davantage de son précieux instrument. Stark le posa par terre, intact.

Il prit le poignard à sa ceinture et avança rapidement dans le passage, épaules en avant, toute son attention concentrée sur la dalle de roc qui le séparait de la liberté.

Les Enfants n'avaient sans doute pas eu à se défendre depuis la fin de la Grande Migration. Ils avaient perdu l'habitude de se battre, enfants bien au chaud dans le ventre de la Mère. Stark fut presque sur eux avant qu'ils ne s'aperçoivent de sa présence. Ils bondirent pour lui faire face, yeux écarquillés d'une peur soudaine, cherchant leurs armes. Ils n'avaient pas vraiment cru qu'il viendrait. Ils n'avaient pas vraiment cru que s'il venait il tenterait de les tuer. A six contre un.

Ils n'avaient pas *vraiment* compris en quoi consiste l'acte de tuer.

Stark ouvrit la gorge d'un des joueurs. Il s'écroula sur la table, gênant ses camarades par ses mouvements désordonnés et ses plaintes affreuses. Ils contemplèrent le sang. Du poing, Stark en assomma un, saisit le corps léger et nerveux, le lança contre les autres. Il fonça sur la dalle de pierre, la poussa. Elle bougea. Deux des Enfants se jetèrent contre son dos ; il se tourna et les repoussa. Son poignard et ses épaisses fourrures déjouaient leurs coups d'épée ; leurs lames étaient aussi légères que leurs corps ; et, comme eux, plus belles que meurtrières. Il pressait toujours son épaule contre la dalle qui tournait. Un instant plus tard les Enfants frappaient la dalle et Stark avait passé par l'ouverture. Il claqua la dalle sur leurs visages hurlants et se mit à courir.

Toute l'immense Demeure de Kell à Marg saurait par eux qu'il s'était évadé ; mais il ne pensait pas qu'il serait poursuivi. Du moins, pas bien loin.

Pas sur cette Plaine du Cœur-du-Monde où rôdaient les Chiens du Nord.

XXV

Le Vieux Soleil était au-dessous des pics. La face nord des Flammes Sorcières était grise et terrifiante, une muraille abrupte et sinistre derrière lui. L'ombre de la montagne jetait une longue tache obscure sur la plaine. Le vent était un poignard, un cri, une insanité pleurant l'hiver éternel. Pour l'apaiser, les démons de neige dansaient leur ballet sans espoir.

Les nuages bouillonnants dissimulant la Citadelle étaient visibles ; détachés contre le flanc des Montagnes Cruelles ils recevaient les derniers rayons occidentaux.

La Citadelle.

Stark ignorait combien de temps il avait erré dans la Demeure de la Mère et le vieillard avait été incapable de le lui dire en des termes qu'il puisse comprendre. Dans ces catacombes le temps était très relatif. Mais il y était resté assez longtemps pour que beaucoup de choses se fussent passées.

A quoi bon se poser des questions vouées à rester sans réponse jusqu'à ce qu'il atteigne la Citadelle. S'il l'atteignait jamais.

Stark prit les nuages bouillonnants comme point de

repère, au nord-est à travers la plaine. Il marcha vers eux.

L'ombre des Flammes Sorcières se faisait plus longue et plus noire devant lui. Il ne la dépasserait pas. Bientôt il ferait nuit. Comme il l'avait pensé, les Enfants restaient en sécurité dans la Demeure de leur Mère. Pourquoi risquer leurs vies alors que les Chiens du Nord se chargeraient de lui ? Les Montagnes Cruelles brillèrent d'une lueur sanglante qui se changea vite en cendres. Les premières étoiles parurent.

Stark perdit de vue les nuages de la Citadelle et se guida sur une étoile. Le paysage se fondit en ce gris bleuté sans lignes définies qui envahit les terres neigeuses au crépuscule. Le ciel devint plus sombre ; devint noir. Le Flambeau du Nord s'y leva, gigantesque lanterne verte. La plaine redevint blanche ; d'un blanc moins intense mais plus visible maintenant que le crépuscule gris avait disparu. Les premières lueurs aurorales se montrèrent.

Stark avançait aussi régulièrement que possible, guettant les volutes de vapeur des régions thermales qu'il avait vues depuis le petit balcon. Le vent le martelait impitoyablement, jetant contre lui les démons de neige. A ces moments-là il se mettait à plat ventre, attendant que l'aveuglant nuage de neige poudreuse ait passé. A d'autres moments la malignité du vent mêlait des nuages de neige aux volutes thermales et tout devenait d'une blancheur sans forme. Plusieurs fois il s'immobilisa, sentant un tressaillement sous ses pieds : un évent s'ouvrait devant lui, prêt à l'engloutir.

Les ravins, ces antiques cicatrices d'érosion qu'il avait vues, étaient moins dangereux. Le sol de la plaine était dur et n'avait pas été creusé trop profondément.

Le vent et la neige en avaient usé les bords. Néanmoins, Stark les franchissait prudemment. Une chute ici, dans les ténèbres du Cœur-du-Monde pourrait priver les Chiens du Nord de leur plaisir.

Bizarrement, il se sentait heureux. La fin de son voyage était en vue ; il était libre, sans contraintes. Son corps et ses talents étaient à son entière disposition ; il n'avait pas à se préoccuper d'autrui. Le combat contre le froid, le vent, le terrain cruel était un combat propre, non encombré d'idées, d'idéaux, de croyances ou de méchanceté humaine. Pour le moment il était moins Eric John Stark qu'il n'était N'Chaka, être sauvage dans un lieu sauvage et parfaitement à son aise.

A son aise, fonctionnant parfaitement, aux aguets, sur ses gardes. Son regard bougeait constamment, ne forçant pas la nuit, ne fixant jamais son objectif tout droit mais l'effleurant, notant sa forme et s'il bougeait ou non.

Deux fois, le vent lui apporta une bouffée d'autre chose que les odeurs froides de la neige et du sol gelé.

Les bannières aurorales tremblèrent, se brisèrent. Les têtes des démons de neige semblaient les atteindre. Des couleurs brillèrent : vert, blanc, rose de feu. Des plumes de vapeur jaillirent du rocher, tantôt sur sa droite tantôt sur sa gauche. Parfois il crut être traqué entre neige et vapeur par des formes blanches, indéfinissables. Pendant un long moment il n'en fut pas certain.

Puis arriva l'instant où il n'y eut plus de doute. Il avait émergé, prudemment, d'un nuage de neige et de vapeur mêlées. Il leva les yeux sur la pente de la plaine. Une grande forme blanche s'y tenait et le regardait.

Stark s'immobilisa. La chose continua de le regarder. Une froide pensée animale toucha son esprit, disant, *Je suis Écorcheur.*

Il était grand. Son échine serait arrivée à l'épaule de Stark. Son garrot était haut, puissant. L'encolure épaisse penchait sous le poids de la tête massive. Stark vit les yeux ; grands, anormalement brillants ; le mufle large et lourd ; les crocs, deux rangées blanches et cruelles, acérées comme des couteaux.

Écorcheur tendit une patte de devant épaisse comme un tronc d'arbre et dégaina des griffes de tigre. Il creusa cinq sillons dans le sol gelé et sourit, montra une langue rouge.

Je suis Écorcheur.

Les yeux étaient brillants. Brillants. Des yeux de démon.

La panique envahit Stark, relâcha ses muscles, affaiblit ses articulations, le jeta impuissant sur le sol, nausée au ventre, un cri silencieux dans le cerveau.

Je suis Écorcheur.

Voilà comment ils tuent, pensa Stark avec ce qui lui restait de raison. La peur. Une bouffée de peur aussi mortelle que n'importe quel missile... Voilà comment on les a dressés pour tuer. Taille, crocs, griffes ne sont que camouflage. Ils tuent avec leurs cerveaux.

Il ne pouvait pas tirer son poignard.

Écorcheur avançait sur lui. Sans hâte. Et maintenant les autres formes étaient visibles sur la pente de la plaine. La meute. Six, dix, douze, il ne pouvait les compter. Bondissant, sautant, courant.

La peur.

La peur était une maladie.

La peur était une vague sombre qui l'engloutissait, le

privant de vue, d'ouïe, écrasant son cerveau et sa volonté.

Il n'atteindrait jamais la Citadelle, ne reverrait jamais Gerrith. Écorcheur le jetterait à la meute qui jouerait avec lui jusqu'à ce qu'il meure.

Je suis Écorcheur, dit le froid cerveau animal et les mâchoires rouges eurent un rire. Des pattes énormes se posaient silencieusement sur la neige.

Très loin sous la masse sombre de peur qui anéantissait tout courage humain, un autre cerveau parla. Un froid cerveau animal, sans pensée, sans raison. Un esprit vivant, affamé de vivre, ayant conscience de soi en tant qu'os, muscles, chair, ayant conscience de froid et de souffrance, de faim à apaiser, de peur à endurer. La peur est la vie, la peur est la survivance. La fin de la peur est la mort.

Le froid cerveau animal dit, *Je suis N'Chaka.*

Le sang bat avec l'ardeur de la vie, l'ardeur de la haine. La haine est un feu dans le sang. Dans la bouche, elle a le goût amer du sel.

Je suis N'Chaka.

Je ne meurs pas.

Je tue.

Une patte levée, Écorcheur hésita. Il balança la tête de gauche à droite, intrigué.

La chose humaine aurait dû maintenant être inerte, impuissante. Au lieu de cela elle lui parlait. Elle se soulevait de terre, se mettait à quatre pattes, lui faisait face.

Je suis N'Chaka.

La meute cessa de jouer, forma un demi-cercle derrière Écorcheur en grondant.

Peur, dit l'esprit d'Écorcheur. *Peur.*

Ils envoyèrent des ondes de peur. De peur mortelle. Le froid cerveau animal laissa la peur glisser sur lui. De froids yeux de fauve regardèrent Écorcheur, sa forme géante dans la lueur nocturne.

J'ai vu l'énorme chlamydosaure ouvrir ses mâchoires pour me dévorer et il ne m'a pas dévoré. Pourquoi vous craindrais-je ?

La meute gronda, regardant de côté. *Écorcheur, Écorcheur ! Ce n'est pas un humain !*

La chose qui était N'Chaka se mit debout sur ses pattes de derrière, tourna, émettant des sons animaux. Elle se jeta sur Écorcheur, qui l'envoya à terre d'un coup de patte.

La chose fit deux tours sur elle-même. Du sang jaillit d'entailles dans sa fourrure. Elle bondit sur ses pieds, tira un poignard de sa ceinture, attaqua Écorcheur à nouveau.

La meute ne comprenait pas. Les victimes humaines ne se battaient jamais. Elles ne défiaient pas le chien-roi. Seuls les membres de la meute le faisaient. Cette chose n'appartenait pas à la meute mais elle n'était pas humaine non plus.

Ils s'assirent pour regarder tandis que N'Chaka défendait sa vie contre le chien-roi.

Ils n'enverraient pas d'autre peur. A Écorcheur d'agir.

Incrédule, Écorcheur avait compris que la peur était inutile. Il essaya une fois encore mais la chose qui était N'Chaka se jetait sur lui, le poignardait, l'éludait, se méfiant maintenant des griffes. Elle se battait. Elle ne pensait qu'à se battre. Elle aimait cela. Elle voulait tuer.

Maintenant, Écorcheur avait peur. De toute sa lon-

gue vie il n'avait jamais manqué de prendre une proie proprement. Aucune victime n'avait jamais résisté.

Et voilà que cette chose nommée N'Chaka le défiait. Et la meute les regardait. Et il n'avait d'autres armes que ses griffes et ses crocs. Dont il ne se servait d'habitude que par jeu. Aucun des jeunes chiens n'avait encore osé le défier.

Peur ! dit-il à la meute. *Envoyez la peur !*

La meute se contenta de regarder, bougeant impatiemment. Le vent hérissait son pelage.

Fou de rage, Écorcheur attaqua la chose avec ses griffes terribles.

Cette fois, la chose était sur ses gardes. Elle fit un bond en arrière et taillada avec son poignard. Une entaille telle qu'Écorcheur hurla et se tint sur trois pattes.

La meute sentit son sang, émit une longue plainte.

Maintenant qu'il avait dominé la peur, l'humanité revenait en Stark. Et, avec elle, un sauvage sentiment de triomphe.

Les Chiens du Nord n'étaient pas invincibles.

La Citadelle, ne l'était peut-être pas non plus. Il savait maintenant qu'il l'atteindrait.

Il savait qu'il allait tuer Écorcheur.

Écorcheur le savait aussi.

Sa patte blessée l'avait ralenti, mais il était toujours redoutable. Montrant sa double rangée de crocs, il multipliait les attaques. Ses mâchoires se refermaient sur le vide avec un bruit effrayant. Elles étaient capables d'écraser une cuisse d'homme comme s'il s'agissait d'une brindille. Stark tournoyait autour de lui, l'obligeant à s'appuyer sur la patte blessée. Deux fois il s'approcha assez pour taillader la face. Ses yeux fixè-

rent ceux d'Écorcheur, les yeux destinés à inspirer la terreur et il pensa, *Comme le couteau vient près, Écorcheur ! Vois comme il brille ! Bientôt...*

La tête massive pencha davantage. Les yeux terribles voulurent se dérober. La patte saigna et la meute gémit, toutes langues rouges dehors.

Stark feinta, cessa de fixer Écorcheur ; la tête massive se détourna. Stark se jeta sur le dos d'Écorcheur. Il n'y resta qu'une ou deux secondes avant d'être jeté à terre. C'était assez pour que le poignard s'enfonce. Écorcheur tournoya, essaya de saisir la garde qui sortait de derrière son épaule. Puis il trébucha, tomba ; du sang sortit de sa gueule.

Stark retira le couteau et laissa le corps à la meute. Il attendit, à l'écart. Leurs cerveaux primitifs lui avaient déjà révélé ce qu'ils feraient. Il attendit qu'ils eussent terminé.

Ils se rassemblèrent, évitant soigneusement son regard afin de ne pas paraître le défier. Le plus grand des jeunes chiens se traîna sur le ventre, lécha la main de Stark.

Vous me suivez ?

Tu as tué Écorcheur. Nous te suivons.

Mais je suis un humain.

Pas humain. Tu es N'Chaka.

Vous gardez la Citadelle.

Contre les humains.

Et combien de voyageurs égarés et affamés avez-vous dévorés ? se demanda Stark. Les Seigneurs Protecteurs ne défendaient que trop bien leur vie privée.

Vous défendez contre les humains mais pas contre N'Chaka ?

Nous ne pourrions pas tuer N'Chaka.

Tuerez-vous des Hérauts ?

Non.

Ils n'avaient ni amour ni loyauté mais ils étaient fidèles à leur race. Rien à dire.

Les autres hommes, ceux qui servent les Hérauts ?

Ils ne sont rien pour nous.

Bien.

Il contempla leurs corps bien nourris. Il n'y avait certainement pas assez de victimes humaines pour les garder si bien en chair et il y avait peu de gibier dans la Plaine de Cœur-du-Monde. Quelqu'un devait les nourrir.

Où est votre chenil ?

A la Citadelle.

Alors, venez.

La meute sur ses talons, Stark se dirigea vers les montagnes.

XXVI

Au lever du Vieux Soleil, les nuages bouillonnants prirent une teinte cuivrée. Les Chiens du Nord, décontractés, trottaient à travers un désert de rochers et d'évents béants. Stark les imita, tandis que le sol grondait et tremblait et que la vapeur fusait.

Il n'avait pas projeté cela. Il n'avait jamais pensé pouvoir attaquer directement la Citadelle. Mais cette arme inattendue — et incertaine — lui avait été offerte et il allait l'employer.

Tout de suite.

Aussi rapidement et brutalement que possible.

La région thermale semblait ne devoir jamais prendre fin. Puis soudain, ils l'eurent dépassée et furent devant les montagnes. Et la Citadelle.

Sombre, forte, solide ; accrochée au flanc de la montagne. La forme compacte de ses murailles et de ses tours semblait partie intégrante du roc. La forteresse et la source depuis laquelle une poignée d'hommes gouvernaient une planète.

Il comprenait pourquoi elle avait été érigée ici, cachée derrière son rideau naturel. Aux temps de la Grande Migration, où tout n'était que chaos, cet

endroit aurait été loin des principaux courants de migration et donc relativement hors de danger. De hauts pics protégeaient l'arrière et les côtés de la Citadelle. Les puits thermaux gardaient sa face. Avec tout cela, et les Chiens du Nord, les Seigneurs Protecteurs n'auraient pas eu à s'inquiéter de bandes de pillards avançant par les passes vers le sud. D'après la taille de la Citadelle, la garnison n'aurait pas dépassé cent hommes et elle aurait amplement suffi.

Après tous ces siècles de paix, combien d'hommes y avait-il ? Il l'ignorait. Il regarda les Chiens du Nord, espéra qu'ils rempliraient leur tâche. Sinon, même une poignée d'hommes aurait raison d'un seul, armé d'un couteau.

Il y avait des sentinelles sur les murs ; des hommes aux yeux brillants et au visage inexpressif. Ils virent Stark au bord du nuage, suivi de la meute. Même avec le rugissement des puits de vapeur Stark put les entendre crier.

Vite ! dit-il aux Chiens du Nord.

Inutile, dit le jeune chien qui s'appelait Gerd.

Les chiens trottaient vers la base de la Citadelle, d'immenses pierres maçonnées sur le rocher.

Ils vous tueront, dit Stark. Il se mit à courir, changeant constamment de direction.

Des flèches volèrent des murs dans la lumière cuivrée. Aucune n'atteignit Stark bien qu'il les sentît passer. Certaines se fichèrent dans le sol. Deux atteignirent des Chiens.

J'ai dit qu'ils vous tueraient.

Il était maintenant sous la base de la Citadelle, à l'abri des flèches.

Pourquoi, N'Chaka ?

C'était un cri de stupeur angoissée. Les Chiens du Nord se mirent à courir.

Ils croient que vous êtes venus les attaquer.

Nous avons toujours été fidèles.

Un troisième Chien roula au sol en hurlant, le flanc percé d'une flèche.

Ils doutent de vous, maintenant.

Pas étonnant ! Pour la première fois depuis la naissance du premier chiot de leur race ils avaient laissé entrer un intrus. Ils avaient *fait entrer* un intrus.

Les Chiens du Nord hurlèrent.

Il y avait une ouverture dans le roc. Ils s'y jetèrent. La caverne était grande, sèche, abritée du vent. Elle sentait le chenil ; il y avait des auges où l'on nourrissait les Chiens. Au fond se trouvait une porte faite de lourdes barres de fer avec de forts verrous du côté intérieur. Stark alla vers la porte. Il sentait la stupeur et la rage qui étaient en eux.

Ils ont tenté de vous tuer. Pourquoi ne leur avez-vous pas envoyé la peur ?

Gerd gronda et geignit. Il était un des deux premiers à avoir été blessé. La flèche avait tracé un sillon douloureux sur ses reins.

Nous n'avons jamais envoyé la peur à ceux-là.

Nous le ferons, maintenant.

Stark passa la main à travers les barreaux, se mit à tirer les verrous.

Y a-t-il des humains dans la Citadelle ?

Avec irritation, Gerd répondit : *Avec les Hérauts.*

S'ils étaient avec les Hérauts ou avec les Seigneurs Protecteurs, ils ne concernaient pas Gerd.

Mais il y a des humains ? Vous pouvez toucher leurs esprits ?

Humain. Un esprit.

Un esprit. Un être humain.

Gerrith ? Halk ? Ashton ?

Stark ouvrit la porte.

Venez tuer pour N'Chaka.

Ils vinrent.

Il y avait une salle des réserves de chaque côté et un escalier grossier qui montait dans l'obscurité. Stark le grimpa très vite, plus vite qu'il n'était prudent, poignard à la main. Les gens de la Citadelle étaient surpris, désemparés, et il voulait en profiter. Au haut de l'escalier se trouvait une massive porte de fer, destinée à être barricadée si jamais quelqu'un parvenait à sortir vivant du chenil des Chiens du Nord et un treuil permettant d'interrompre une partie de l'escalier. Au-delà, une salle remplie des débris d'une longue occupation, destinés finalement à être détruits dans les puits thermaux. Un créneau barré laissait entrer très peu de jour.

Un escalier plus large menait de cette pièce à une salle longue et basse, éclairée par des lampes. Il n'y avait pas de fenêtres. Des rangées d'étagères de bois la remplissaient, croulant sous le poids d'innombrables rouleaux de parchemin.

Les archives, pensa Stark, de générations de Hérauts venus à la Citadelle pour rendre compte de leur œuvre dans le monde.

Elles brûleraient bien. Tout comme les poutres énormes soutenant le plafond.

Du côté opposé à la salle il y avait un escalier. Stark en était à mi-chemin lorsqu'un groupe d'hommes le dévala. Ils étaient sans doute en route pour barricader la porte de fer.

Ils s'immobilisèrent en voyant les Chiens. Les Chiens n'entraient jamais dans la Citadelle. C'était inconcevable. Mais ils étaient entrés.

Leurs visages et leurs yeux brillants restèrent sans expression même après que les Chiens eurent envoyé la peur.

Tuez, dit Stark, et la meute obéit. Elle le fit furieusement, rapidement. Lorsqu'elle eut terminé, Stark ramassa une épée, sans toucher au ceinturon ni au fourreau. L'épée pouvait s'essuyer.

Il monta quelques marches.

Gerd lui parla mentalement.

N'Chaka. Hérauts.

Stark lut *blanc* dans l'esprit de Gerd et comprit que cela signifiait les Seigneurs Protecteurs. Les Chiens ne faisaient pas de distinction entre les Hérauts.

Hérauts disent te tuer.

Il s'y était attendu. Les Chiens étaient fidèles aux Hérauts. Combien forte était sa propre emprise sur eux ? Si les Hérauts étaient plus forts, il finirait ici comme les hommes inexpressifs avaient fini.

Il se tourna vers Gerd, plongea son regard dans les yeux démoniaques.

Vous ne pouvez pas tuer N'Chaka. Gerd lui rendit son regard. Les lourdes babines découvrirent les crocs, encore sanglants. La meute geignit, griffant les pierres.

Qui suivez-vous ? demanda Stark.

Nous suivons le plus fort. Mais Écorcheur obéissait aux Hérauts.

Je ne suis pas Écorcheur. Je suis N'Chaka. Dois-je te tuer comme j'ai tué Écorcheur ?

Il l'aurait fait. La pointe de l'épée visait la gorge de Gerd et il avait aussi soif de sang qu'eux-mêmes.

Gerd le savait. Le regard flamboyant obliqua. La tête pencha. La meute se tut.

Envoyez la peur, dit Stark. *Chassez-les tous, sauf les Hérauts et l'être humain. Chassez les serviteurs qui vous tuent. Ensuite nous parlerons aux Hérauts.*

Pas tuer ?

Pas tuer les Hérauts, ni l'être humain. Parler.

Mais la main de Stark était crispée sur son épée.

Les Chiens du Nord lui obéirent. L'air vibra de l'envoi de la peur.

Il les précéda dans l'escalier. Au sommet, il y avait quelques hommes aux entrailles déjà torturées par la peur. Les Chiens les déchiquetèrent sans hâte. Gerd prit leur chef et le porta entre ses mâchoires, comme s'il s'agissait d'un chaton.

Personne d'autre ne s'opposa à eux. Tous les autres avaient eu la force de fuir.

Stark atteignit enfin une autre salle, plus haute que celle des archives mais moins longue. Ses fenêtres s'ouvraient sur la brume perpétuelle. Elle était simplement meublée, ascétique. Un endroit où méditer. Kell a Marg, la vindicative Fille de Skaith, s'était trompée. Nulle trace ici de péchés secrets ni de luxe. Ni dans la salle, ni sur les visages des sept hommes en toge blanche, immobiles, stupéfaits par la stupidité de l'événement.

Un huitième homme était présent. Il n'était pas vêtu de blanc.

Simon Ashton.

Gerd laissa tomber ce qu'il tenait entre ses crocs.

Stark posa sa main gauche sur la tête gigantesque et dit :

— Laisse le Terrien venir à moi.

Ashton vint, se tint à la droite de Stark. Il était amaigri, marqué par une longue captivité, mais ne paraissait pas avoir autrement souffert.

— Où est Gerrith ? dit Stark aux Seigneurs Protecteurs.

Le principal d'entre eux répondit. Comme les autres, il était vieux. Pas âgé, ni infirme. Vieilli par les travaux, la méditation. Sa mâchoire maigre et dure, ses yeux perçants, reflétaient une force inflexible, refusant tout compromis :

— Nous l'avons interrogée, ainsi que l'homme blessé et les avons envoyés dans le sud avec Gelmar. Il n'était pas croyable que tu sortes vivant de la Demeure de la Mère. — Il regarda les Chiens. — Ceci non plus n'est pas croyable.

— Néanmoins, dit Stark, je suis là.

Il était là. Et il se demandait ce qu'il allait faire d'eux. Des vieillards. Des vieillards farouches, attachés à leurs principes, gouvernant avec l'inflexibilité de la vertu, cruels par bonté. Il les haïssait. S'ils avaient tué Ashton il eût pu les tuer. Mais Ashton était sauf et Stark ne se voyait pas les massacrant de sang-froid.

Il y avait un autre facteur. Les Chiens du Nord.

Percevant sa pensée, ils grondèrent et Gerd appuya son flanc massif contre Stark. Pour le retenir.

L'homme en blanc eut un bref sourire.

— Cet instinct, au moins, est plus fort que toi. Ils ne te permettront pas de nous tuer.

— Partez, alors, dit Stark. Prenez vos serviteurs et partez. Que les peuples de Skaith voient les Seigneurs

Protecteurs tels qu'ils sont. Ni dieux, ni immortels. Sept vieillards naufragés dans ce monde. Je vais détruire cette Citadelle.

— Tu peux la détruire. Tu ne peux détruire ce qu'elle symbolise. Tu ne peux nous détruire car notre œuvre est plus puissante que nos corps physiques. La prophétie est fausse, homme venu des étoiles. Tu ne triompheras pas. Nous continuerons de servir notre peuple. Il prit un temps, acheva : Je suis Ferdias. Souviens-toi de ce nom.

— Je m'en souviendrai. Prophétie mise à part, Ferdias, tu sers depuis trop longtemps.

— Et que sers-tu ? L'insignifiance d'un seul homme. Pour un seul homme tu as bouleversé notre monde.

— Lui aussi n'est qu'un symbole, dit doucement Stark. Le symbole de la réalité. C'est la réalité que vous combattez. Pas un ou deux hommes. Va la combattre, Ferdias. Attends que les étoiles s'abattent sur vous. Car cela arrivera.

Ils firent demi-tour, sortirent. Il regarda leurs dos orgueilleux et obstinés. Les Chiens du Nord le retenaient en geignant.

— Tu es insensé, Eric, dit Ashton. Comme l'a dit Ferdias, c'est beaucoup bouleverser pour un seul homme.

— Eh bien, dit Stark, avant que ce soit terminé tu regretteras peut-être que je ne t'aie pas laissé aux Seigneurs Protecteurs. Pourquoi t'ont-ils gardé en vie ?

— Je les ai persuadés que je leur serais plus utile vivant. Ils sont très inquiets, Eric. Ils savent que quelque chose de très grave les menace mais ils ne peuvent en mesurer l'importance. Ils ne comprennent pas vraiment. Le concept de l'Union Galactique et des vols spa-

tiaux est trop nouveau, trop étrange. Affolant. Ils ne savent pas comment l'affronter. Ils ont admis que je pourrais les aider puisque j'en fais partie. J'ai souligné qu'ils pouvaient toujours m'exécuter plus tard.

Il regarda les Chiens du Nord et frissonna.

— Je ne te demanderai pas comment tu es parvenu à cela. J'ai peur de le savoir.

— Tu es l'homme le plus fondé à le savoir, dit Stark avec un sourire. Combien de temps y a-t-il que Gelmar est parti avec Gerrith ?

— Il est parti hier.

— Ils ont peu d'avance sur nous, alors. Halk doit les ralentir. Simon, je sais que le ministère ne peut admettre le vandalisme auquel je vais me livrer mais tu n'essaieras pas de me retenir, n'est-ce pas ?

A nouveau, Ashton regarda la meute.

— Certes non. Tes amis pourraient en prendre ombrage.

Stark s'appliqua de son mieux à détruire la Citadelle, qui s'y prêta. Les meubles, les draperies, les archives et les immenses poutres brûlèrent de bon gré. Les murailles subsisteraient. Mais l'intérieur serait inhabitable ; et de toute façon l'isolement sacré de la Citadelle ainsi que la terreur sacrée qu'elle inspirait avaient disparu à jamais.

Stark pensa que la destruction des Seigneurs Protecteurs pouvait être également complète. Il se félicita, en y repensant, de n'avoir pu les tuer. Ils seraient demeurés à jamais une légende puissante et sacrée. La vérité, lorsque le peuple la verrait, les abattrait plus sûrement que l'épée.

Les Chiens du Nord ne tentèrent pas de s'opposer à

l'incendie de la Citadelle. Leur tâche semblait avoir été limitée aux plaisirs variés de l'interdire à tout intrus.

Debout avec Ashton sur la route devant la Citadelle, Stark regarda les flammes lécher les ouvertures des fenêtres et dit :

— Bon. Il reste encore Gerrith et une longue marche vers le sud. Ensuite nous verrons ce qu'on peut faire pour Irnan et l'ouverture de la route vers les étoiles. Sans parler du problème de sortir vivants de Skaith.

— Programme très chargé, dit Ashton.

— Nous avons des alliés.

Stark se tourna vers eux, vers Gerd.

Que ferez-vous maintenant qu'il ne vous reste rien à garder ?

Nous suivrons le plus fort, dit Gerd en léchant la main de Stark.

« En effet, pensa Stark, jusqu'à ce que je sois malade ou blessé. Alors vous me ferez ce que vous avez fait à Écorcheur. Ou du moins vous essaierez de le faire. »

Il ne leur en voulait pas de cela. C'était leur nature.

Venez, alors.

Avec Ashton à ses côtés, Stark se dirigea vers les passes des Montagnes Cruelles et la Route des Hérauts se trouvant au-delà. Gerrith était quelque part sur cette route, au bout de laquelle attendaient les vaisseaux des étoiles.

COLLECTION « ÉPÉES ET DRAGONS »

LE CYCLE DE SKAITH
Leigh Brackett

Le Secret de Skaith
Les Chiens de Skaith

LE CYCLE DE THONGOR
Lin Carter

Thongor et la Cité des Dragons
Thongor et la Cité de la Flamme

LE CYCLE DU GUERRIER DE MARS
Michael Moorcock

La Cité de la Bête
Le Seigneur des Araignées

LA COMPOSITON, L'IMPRESSION ET LE BROCHAGE DE CE LIVRE
ONT ÉTÉ EFFECTUÉS PAR LA SOCIÉTÉ NOUVELLE FIRMIN-DIDOT
POUR LE COMPTE DES ÉDITIONS ALBIN MICHEL
ACHEVÉ D'IMPRIMER LE 2 SEPTEMBRE 1987

Imprimé en France
Dépôt légal : septembre 1987
N° d'édition 9880 – N° d'impression : 7560